diferenca

da diferença

Ana Maria Portugal
Gilda Vaz
Maria Auxiliadora Bahia
(organizadoras)

Maria Esther Maciel
(prefácio)

Ana Lucia Bahia
Ana Maria Portugal
Carla de Abreu Machado Derzi
Fabio Borges
Gilda Vaz
Maria Auxiliadora Bahia
Paula Vaz
Regina Beatriz Simões
Rosely Gazire Melgaço
Thaïs Gontijo

Flávia Drummond Naves
(orelha)

COLEÇÃO NÃO-TODA

"O *não-todo* não resulta de que nada o limite, porque nele o limite é situado de outra maneira. Ao contrário da inclusão no $\exists x.\ \overline{\Phi x}$ da existência do pai, cujo *dizer que não* o situa em relação à função fálica, é na medida em que há no $\overline{\exists x}.\ \overline{\Phi x}$ o vazia, a falta, a ausência de seja o que for que negue a função fálica, que, inversamente, não há nada a não ser o *não-todo* na posição da mulher em relação à função fálica. Ela, com efeito, é *não toda*. O que não quer dizer que negue essa função, seja sob que incidência for." — Jacques Lacan

A Coleção não-toda surgiu da parceria com as autoras e organizadoras deste livro e do já publicado *Da solidão* e a Quixote+Do.

A proposta é publicar obras em que a psicanálise conversa com a literatura, a poesia e as artes, ressoando naquilo que o saber psicanalítico evoca em cada um dos leitores.

DIFERENÇAS EM MOVIMENTO (PREFÁCIO)

Maria Esther Maciel

De acordo com os dicionários, muitos são os significados da palavra diferença. Se o mais óbvio é "qualidade do que é diferente; o que distingue uma coisa de outra", outros já apresentam leves variações de sentido, como "falta de igualdade ou semelhança" e "característica do que é vário, diverso". Há, ainda, o que indica desconformidade, divergência e desarmonia, o que leva o adjetivo diferente à esfera do contraponto e, por vezes, do confronto. Pode, também, significar uma "alteração digna de atenção", ou seja, uma nova configuração daquilo que deixou de ser o mesmo para ser outra coisa. Soma-se, ainda, a esse rol semântico "a qualidade do que é raro, extraordinário, incomum".

Tal miríade de acepções não se circunscreve ao território linguístico, uma vez que o termo diferença se expande e se modifica de acordo com os usos que dele são feitos em outros campos do conhecimento, que vão da matemática à sociologia, da engenharia elétrica à filosofia, da biologia às artes, da economia à psicanálise. Sob esse prisma, serve ora como designação técnica e científica, ora como conceito. Para não mencionarmos sua importância, hoje, para as discussões de ordem política sobre questões de gênero, raça e etnia, entre outras condizentes com as demandas do nosso tempo.

Diferença, assim, acaba por ser, ela mesma, uma palavra atravessada de diferenças, que se modifica de acordo com os usos a que se presta, não se deixando classificar em categorias estanques. Ademais, pode provocar divergências ou controvérsias, dependendo do lugar onde está. Essa flexibilidade lhe confere, assim, um caráter atópico, tendo em vista que o vocábulo grego *atopos* indica tanto o que não tem um lugar fixo, quanto o que está em todos os lugares ao mesmo tempo. Daí, a palavra poder ser encontrada onde menos se espera que esteja.

Neste livro, cuidadosamente pensado e organizado pelas psicanalistas Ana Maria Portugal, Gilda Vaz e Maria Auxiliadora Bahia, distintos matizes da noção de diferença são percorridos em textos de dez autores – todos, psicanalistas que transitam com desenvoltura em outras áreas do saber e da criação, como literatura, artes plásticas, cinema, filosofia, história, sociologia e política. São textos que não circunscrevem apenas à modalidade do ensaio, mas entram também no espaço da poesia (em verso e prosa), aos quais se somam alguns fragmentos poéticos de Octavio Paz, Paulo Leminski, Caetano Veloso e Carlos Drummond. As citações que servem de epígrafes aos ensaios e as que atravessam o corpo do livro também contribuem para a dimensão constelar do volume.

Pode-se dizer que, embora a psicanálise seja o eixo teórico privilegiado para as reflexões sobre os vários aspectos do termo diferença, ela se dá a ver também como um ponto de confluência de outros saberes, trazendo à tona questões instigantes e desviando-se de trajetos previsíveis. Se a literatura incide, com intensidade, nos ensaios de Thaís Gontijo, Ana Maria Portugal e Maria Auxiliadora Bahia, as artes plásticas estão em alto relevo nos textos de Rozely Gazire Melgaço e Fábio Borges, enquanto história, filosofia e biografia são a tônica dos artigos de Regina Beatriz Simões e Gilda Vaz. Já o cinema, representado pelo filme sul-coreano *Parasita*, de Bong Joon Ho, aparece no de Carla de Abreu Machado Derzi. Duas psicanalistas-poetas se inscrevem nessa constelação: Paula Vaz, com um luminoso poema sobre as singularidades da alteridade animal, e Ana Lúcia Bahia, com um surpreendente cordel, precedido de uma apresentação sobre os conceitos psicanalíticos de diferença.

Pinturas de Raffaello Sanzio e Salvador Dalí, flagradas a partir das figurações simbólicas e sinestésicas da romã; Van Gogh, contemplado através de suas potências cromáticas e sua biografia singular; dados biográficos de Marie Bonaparte, enlaçados a uma reflexão sobre momentos da vida de Freud; a repetição enquanto diferença, que, à luz da articulação alquimia/filosofia/psicanálise, se reinventa em Goethe, Mallarmé, Poe e Rosa; os vestígios da diferença nas escritas inclassificáveis de Kafka, Blanchot, Barthes e Calvino; o ódio e a tolerância/intolerância vistos sob uma perspectiva transtemporal, tudo isso atravessa as páginas do livro. Daí sua multiplicidade fluida e porosa, que se furta também às classificações.

Por fim, cabe dizer que se trata de uma obra diferente (aqui, nas acepções de "diversificada" e "incomum") que, na interface da psicanálise com outros territórios teóricos e criativos, faz toda a diferença no âmbito das reflexões sobre o tema que lhe serve de matéria-prima. Dessa maneira, vem reafirmar o que diz Octavio Paz numa das citações: *O que põe o mundo em movimento é a interação das diferenças, suas atrações e repulsões: a vida é pluralidade, a morte é uniformidade.*

Inscrever a diferença no mesmo permite que o eu seja sempre outro e que a vida esteja sempre em processo reinvenção. É o que os escritos deste livro evidenciam.

O SABER COM SABOR DE ROMÃ

Rosely Gazire Melgaço

Não lhe apetecia escrever.
Engoliu as palavras e evitou as rimas,
trocou os antônimos e vestiu os sinônimos,
deu risada e comeu romã

Maria Almeida

Dirigir o olhar para uma obra de arte, com tempo e espaço interno para desfrutar do que ela nos diz, assemelha-se aos movimentos que, desde sua origem, o ser humano faz quando percorre a leitura de sua presença no mundo.

As obras de arte são como livros do simbólico que se abrem e são folheados até mesmo bem antes do nascimento!

Um acontecimento de forte impacto foi meu encontro com o quadro *Madonna Conestabile.* Se eu acreditasse no mero acaso, aquele encontro seria um. No entanto, ao considerar que nosso olhar captura aquilo que está pulsante em nós, a cena com a qual me deparei naquela pintura revelava algo familiar às minhas inquietações na época: o saber da criança. E mais ainda: seu saber desde antes de nascer.

Essa obra de arte, cujo período de elaboração está localizado entre 1502 e 1504, é uma pequena pintura do artista renascentista italiano Rafael – Raffaello Sanzio –, e seu nome vem da família Conestabile de Perugia, cidade da Umbria, no centro da Itália.

A pintura retrata a Madona com um bebê no colo, cuja mão direita segura um pequeno livro que também está envolto pela mão da criança. Ambos sustentam e têm um olhar atento dirigido para o livro aberto. Surpreendente!

Que saber é esse, representado no gesto de uma pequena criança – na verdade, um bebê –, que nos chega transmitido pelos percalços da arte?

Madonna Conestabile, Raffaello Sanzio, cerca de 1504, The State Hermitage Museum, Winter Palace, Dvortsovy Municipal Okrug, São Petersburgo, Rússia.

Ao descortinar a história da obra, encontro uma revelação inusitada: em 1881, quando a imagem foi movida de painel para tela, descobriu-se que, na versão original, a Madona contemplava uma romã em vez de um livro.[1] Para além das vertentes religiosa, histórica, cultural e social desse fato, podemos fazer uma leitura particular dessa troca descoberta durante a manutenção da obra.

A romã é uma fruta nativa da Pérsia (atual Irã), que foi domesticada há cerca de 2 mil anos a.C. Para os povos antigos, como os gregos, os romanos e os persas, esse fruto representava a ponte entre a mortalidade e a imortalidade; era símbolo de amor, vida, paixões e fertilidade, por causa de suas numerosas sementes, e também era portadora de poderes afrodisíacos. Também consta, para muitos, que a romã tenha sido o fruto desejado e proibido da árvore sagrada, em vez da maçã como foi difundido.

A substituição da romã pelo livro traz indagações interessantes, por colocar em cena a diferença pulsante que acompanha a versão do saber e a versão do não saber. Por que tirar a romã – e o que ela representava – da mão da criança? Por que (ou mesmo o que) não se pode saber?

Importante lembrar o lugar menor que a criança ocupou durante muitos séculos, com notório descrédito de suas competências e de seu saber e, ainda, a condição a ela determinada de pureza e inocência. Com essa posição o adulto ali se identificava e mantinha um controle de tudo o que tinha sido e que lamentava ter perdido. Imperava, para ele, a atitude de "preservá-la [a criança] da sujeira da vida e, especialmente, da sexualidade tolerada – quando não aprovada – entre os adultos...".[2]

Segundo Philippe Ariès, desde a Idade Média a alma era representada sob a forma de uma criança nua. A alma possuía a mesma ino-

1 Disponível em: https://mywowo.net/en/russia/saint-petersburg/hermitage/raphael-room-229/conestabile-madonna-by-raffaello. Acesso em: 28 out. 2020.

2 Philippe Ariès, *História social da criança e da família*, 2. ed., Editora Guanabara, Rio de Janeiro, 1981, p. 146.

ciência invejável da criança batizada, numa época em que, entretanto, na prática comum, a criança era uma coisa divertida mas pouco importante.[3] "Seria a alegoria da morte e da alma que introduziria no mundo das formas a imagem da nudez infantil".[4]

Assim, retirar a romã, bem como qualquer ameaça à pureza da criança, e substituí-la pelo livro preservam o ícone de um saber instituído e controlado. Da romã, com tudo o que ela representava, não se podia saber. Com essa diferença determinada, não saber *versus* saber, a busca pela calmaria das pulsões estaria pretensamente resolvida.

Ironicamente, a criança tem um saber próprio, distante daquele que lhe supõe o adulto. Esse saber se modula discreto, na maioria das vezes, solidário aos adultos que não lhe creditam valor. Nesse viés, Freud contribui com interessante elaboração:

> Em consequência dessa condição [que a criança seja realmente ignorante] há a possibilidade de uma *ingenuidade enganadora*. Podemos assumir na criança uma ignorância que não existe; as crianças frequentemente se representam como ingênuas de modo a poder desfrutar uma liberdade que de outra forma não lhes seria permitida.[5]

Freud considera como iluminadora a descoberta de que os comentários ingênuos das crianças podem ser descritos como "chistes ingênuos". "O ingênuo ocorre quando alguém desrespeita completa-

---

3 Ariès, *História social da criança e da família*, p. 23.

4 Ariès, *História social da criança e da família*, p. 53.

5 Sigmund Freud, *Os chistes e sua relação com o inconsciente*. Ed. Standard Brasileira das Obras Psicológicas Completas de Sigmund Freud, vol. VIII, Imago, Rio de Janeiro, 1977, p. 211.

mente uma inibição, inexistente em si mesmo – portanto, quando parece vencê-la sem nenhum esforço."[6]

Nesse caso, quando a criança o apresenta, o ouvinte comporta-se como a terceira pessoa do chiste, que é presenteada com prazer e, ao mesmo tempo, consegue economizar energia psíquica. De outro modo, ela teria que investir grande esforço para vencer a força da inibição, supressão ou recalque da ideia.

À criança cabe, "ingenuamente", denunciar tabus, ousar perguntas sobre a origem dos bebês, sobre nascimento e morte, sobre a diferença sexual, sobre a sexualidade de modo geral, para total desconforto dos adultos. A criança tem o saber, espontâneo e livre, de questionar e o saber para enfrentar as respostas.

É o que Adriel Bispo, de 12 anos, poetiza, valendo-se da saída pelo saber que o liberta: "o que tenho como livre, graças ao livro, que me livra, da ignorância alheia, portanto, livre-se. [7]

As considerações pontuadas até aqui, em cadeia, convocam-nos a circular por uma série: prazer, fecundidade, paixão, livro, desejo, mortalidade, imortalidade, saber e não saber.

Os fundamentos da escrita, do conhecimento e do saber, notoriamente, se iluminam atravessados pela fecundidade do desejo e pela busca do prazer. Não cabe uma diferenciação dos campos, pois seu entrelaçamento é que estrutura suas possibilidades.

Entretanto, revelam-se circunstâncias em que o prazer precisa ser oculto e desviado, quiçá para livros, como se, assim, por essa via, pudesse conquistar o direito de ser expresso, apresentar-se e ser aceito.

Considerado por Freud como um modo de defesa privilegiado para administrar conflitos inconscientes, o recalque é uma operação pela qual o sujeito repele e mantém à distância da consciência represen-

6 Freud, *Os chistes e sua relação com o inconsciente*, p. 208.

7 @livrosdodrii. Disponível em: https://www.instagram.com/livrosdodrii/?hl=pt-br, página de Adriel Bispo, criador de conteúdo digital, no Instagram.

tações do psiquismo. Entretanto, o desejo inconsciente pretende sempre retornar e escapa, prolifera na obscuridade, encontrando formas de expressão, conservando um traço ou resíduo do que tinha sido esquecido.

Talvez essa seja uma possível resposta para a questão: que paixão é essa que atravessa um leitor e o dirige a um saber sempre incontornável e inacabado?

Os livros trazem, em suas folhas, na firmeza da impressão das cores da palavra, o prazer, a fecundidade, a natureza da vida e da morte. Na metáfora do livro, o sujeito tem um saber do simbólico que, aliás, o antecede e que o sujeito folheia, atento e vivo, desde antes de nascer.

Além disso, é importante ressaltar outro aspecto, desconhecido para muitos: o ser humano bebê, intrauterino, já possui competências sensório-motoras e já constrói um saber. Nesse estado, com uma linguagem corporal, ele circula pelas vibrações rítmicas que chegam até ele, vindas dele próprio e do meio externo, e realiza uma dança de movimentos intencionais, de respostas ao que recebe e de reações ao prazer e ao desprazer, hoje já evidentes pelos estudos mais contemporâneos.

Dito de outra forma, a linguagem, a busca do prazer, a interação com o outro e a descoberta do saber fazem parte da origem, da estrutura que fundamenta os primórdios da constituição psíquica de um sujeito.

Como afirma Lacan:

> Salientei frequentemente que, desde antes de seu nascimento, o sujeito já está situado, não apenas como emissor, mas como átomo de um discurso concreto. Ele se acha dentro da linha de dança deste discurso, ele é, se quiserem, ele mesmo este discurso. Escreveram-lhe uma mensagem na cabeça, e ele se acha situado inteiramente na sucessão das mensagens. Cada uma de suas escolhas é uma fala".[8]

---

8 Jacques Lacan, *O seminário, livro II, O eu na teoria de Freud e na técnica da psicanálise (1954-1955)*, Jorge Zahar, Rio de Janeiro, 1985, p. 353.

Temos, assim, várias elucidações que fazem com que nosso olhar se volte para a criança da pintura, para as indagações do saber possível e para suas interdições.

Salvador Dalí, através de sua arte, também compartilhará conosco, de forma fecunda, as inquietações do tema aqui proposto.

O pintor espanhol narra: "Aos cinco anos, vi um inseto que fora comido pelas formigas e de que restava apenas a carapaça. Através dos buracos da sua anatomia, podíamos ver o céu. Cada vez que quero aproximar-me da pureza, olho o céu através da carne."[9]

Dalí buscava nos buracos um saber com o olhar, tal qual as crianças se interessam por olhar no buraco da fechadura. Tal metáfora alinha-se com o olhar "através de" retratado por Dalí, olhar longínquo, que alcança dimensões outras quando nos atinge, quase sempre perplexos, no real transcrito pela arte, em sua face de estranho familiar.

A obra de Dalí, particularmente em sua fase mística/científica, apresenta separações, cortes, desmaterializações, que trazem portais com a visão de profundidade, de algo que é visto ao longe, através de aberturas e buracos.[10]

---

9 Gilles Néret, *Salvador Dalí 1904-1989*, Taschen, Köln, 1996, p. 76.

10 Rodrigo Ronelli D. da Costa, Robson S. dos Nascimento, Marcelo Gomes Germano, Salvador Dalí e a mecânica quântica, *Física na Escola*, v. 8, n. 2, Sociedade Brasileira de Física, São Paulo, p. 23-26, 2007. Disponível em: http://www.sbfisica.org.br/fne/Vol8/Num2/v08n02a06.pdf. Acesso em: 28 out. 2020.

A Separação do Átomo (A Desmaterialização do Nariz de Nero), Salvador Dalí, 1947, óleo sobre tela, 76,2 x 45,8 cm, Figueiras, Fundación Gala-Salvador Dalí.

Na obra *A Separação do Átomo (A Desmaterialização do Nariz de Nero)*, de 1947, deparamo-nos aqui, novamente, com uma romã – e sua representação de mortalidade e imortalidade –, com a tentativa de alcançar a pureza e também com o significante átomo.

A imagem de uma grande romã – natureza-morta-viva em composição arquitetônica – é mostrada na parte central. A romã encontra-se dividida ao meio, e suas sementes aparecem flutuando no ar entre as duas metades. Na visão de Dalí, a romã representa o universo atômico, ou seja, o próprio átomo[11] com as sementes como elétrons em constante movimento em seu interior. A natureza dual dos constituintes atômicos e o princípio da incerteza, apresentados pela física quântica, podem ser os responsáveis por essa tendência nas pinturas de Dalí.[12]

Mais tarde, a representação da romã também aparecerá em seu quadro *A Madona de Port Lligat,* (primeira versão de 1949, segunda versão de 1950), no qual Dalí retrata a fruta inteira e não dividida. A estrutura de concreto que envolve a romã representa o domínio do átomo pela humanidade, fato demonstrado pela construção e utilização, na época, da bomba nuclear.

Ao mesmo tempo que coloca em cena o equilíbrio intra-atômico revelado pelas descobertas científicas, Dalí aponta a desintegração da realidade física fragmentada em vários componentes.

11 Salvador Dalí, *As confissões inconfessáveis de Salvador Dalí*, José Olympio Editora, Rio de Janeiro, 1976 *apud* Rodrigo Ronelli D. da Costa, Robson S. dos Nascimento, Marcelo Gomes Germano, Salvador Dalí e a mecânica quântica, *Física na Escola*, v. 8, n. 2, Sociedade Brasileira de Física, São Paulo, p. 23-26, 2007. Disponível em: http://www.sbfisica.org.br/fne/Vol8/Num2/v08n02a06.pdf. Acesso em: 28 out. 2020.

12 Descharnes, Néret, *Dalí – A obra pintada*.

A Madona de Port Lligat, Salvador Dalí, 1950, óleo sobre tela, 144 x 96 cm, Tóquio, coleção particular, detalhe.

Em sua composição *A Madona de Port Lligat*, Dalí, muito impressionado com as descobertas científicas, principalmente no campo da física nuclear e da energia atômica, tentou recriar a fissão nuclear, desmaterializando figuras e objetos, flutuantes, que vagueiam no espaço, demonstrando a inexistência de gravidade e a divisão da matéria.

A Madona de Port Lligat é um quadro gigantesco em que Gala, sua mulher, serve de modelo para a Virgem Maria sob um arco. Ela observa o Menino levitando em seu colo, com a cabecinha baixa e os braços abertos, tocando de um lado uma romã, envolta em concreto, e,

A Madona de Port Lligat, Salvador Dalí, 1950, óleo sobre tela, 144 x 96 cm, Tóquio, coleção particular.

de outro, um livro. Tanto o tronco da Virgem Maria quanto o de Jesus estão ocos, sendo possível enxergar a linha do horizonte através deles. No tronco do Menino, o pão. Dalí funde religião, ciência e arte.

A bela repetição da cena de uma criança com os objetos romã e livro, realmente, tem algo a nos dizer. Seria possível aproximar os pensamentos de Nietzsche, em suas apreensões quanto à paixão moderna pelo conhecimento, à arte de Dalí?

Nietzsche diz que:

> O fato é que nosso impulso ao conhecimento é forte demais para que ainda sejamos capazes de estimar a felicidade sem conhecimento ou a felicidade de uma ilusão forte, firme; é penoso simplesmente representarmo-nos tais estados! (...)
> O conhecimento, em nós, se transmudou em paixão, que não se intimida diante de nenhum sacrifício e no fundo nada teme, a não ser sua própria extinção; acreditamos sinceramente que toda a humanidade, sob o ímpeto e o sofrimento dessa paixão (...) Talvez mesmo a humanidade sucumba por essa paixão do conhecimento! – nem mesmo este pensamento pode nada sobre nós![13]

Impossível separar o saber da paixão. "Ao reconhecermos as particularidades das paixões, tentamos abrir um espaço à invenção do saber, ou melhor, a novos saberes que correspondem às experiências afetivas." [14]

Com aberturas, cortes, vazios, cicatrizes e cesuras, entrelaçam-se a diferença paradigmática do que se pode saber e o que não se deve saber. A interdição é constituinte, mas, em contrapartida, a força originária do sujeito psíquico como átomo do discurso e sua condição singular, estas não irão se desintegrar, ainda mais, se o sabor da romã persistir presente nos livros.

---

13 Friedrich Nietzsche, *Obras incompletas*, 3. ed. Abril Cultural, São Paulo, 1983, p. 183. Os Pensadores, Livro V.

14 Adauto Novaes, "Por que tanta paixão?" (Apresentação), em Adauto Novaes (org.), *Os sentidos da paixão*, Companhia das Letras, São Paulo, 1987, p. 13.

“ Obscura a negritude,
do mármore na neve. ”

V. Holan

*CAPUT MORTUUM**

Thaïs Gontijo

> *E cada instante é diferente, e cada homem é diferente, e somos todos iguais. No mesmo ventre o escuro inicial, na mesma terra o silêncio global, mas não seja logo.*
>
> Carlos Drummond de Andrade

A magia

A fascinação e o repúdio pela alquimia foram objeto de muita controvérsia. Na Idade Média, as feiticeiras e os alquimistas eram julgados pela Inquisição e condenados à fogueira por alegado pacto com o diabo. O deslumbramento com o ocultismo vinha da promessa tanto de riqueza quanto do elixir da vida longa, e, por outro lado, sua condenação era decorrente da descrença nas ciências ocultas. Entretanto, apesar de a alquimia não ter caráter científico, havia o reconhecimento da importância dela no desenvolvimento da química. Atualmente tanto a fissão quanto a fusão nuclear ainda não possuem tecnologia suficientemente para transformar o metal comum em ouro, mas a esperança de que elementos comuns se transformem em elementos raros persiste.

Goethe, em *Fausto,* faz da magia a sedução de seu personagem. O feitiço é central para a concepção dramática, e Goethe recorre a ele em dois episódios; na taberna de Auerbach e na criação do homúnculo. A taberna de Auerbach ainda existe em Leipzig e provavelmente graças à peça que a imortalizou. A taberna foi construída em 1438 e era frequentada especialmente por estudantes e intelectuais. Goethe a visitava com frequência, quando estudou na Universidade de Leipzig, entre 1765 e 1768. Na tragédia, Mefistófeles conduz Fausto para a taberna para lá apreciar os prazeres da vida. Assim, Fausto vê realizada a magia de jorrar em cada mesa o vinho preferido de cada estudante. A única condição estabelecida por Mefistófeles para manter o feitiço era que não houvesse esperdício, ou seja, que o vinho não caísse no chão. Quando um estudante deixa o vinho cair no chão, imediatamente surgem labaredas de fogo. Esta visão do fim do feitiço desperta a ira dos estudantes. Antes que a balbúrdia se estabelecesse e o conflito se instaurasse, Mefistófeles e Fausto saem voando sobre um barril.

Goethe revela um universo enigmático ao dedicar-se exaustivamente ao estudo da bruxaria para elaborar nessa peça – escrita durante sessenta anos – a transmudação da alma de Fausto e o pacto com o diabo. Em outro golpe de magia, fascinado pela capacidade de criar, Goethe faz surgir o homúnculo, homenzinho criado em uma redoma de cristal, que é puro intelecto. Ele existe, mas não tem forma nem qualidade espiritual, sendo livre, volátil e etéreo, destinado a conduzir Fausto à sua feminilidade negada, à mulher desejada e inalcançável. É o Fausto diante do feminino ao lado desse pequeno ser sem corpo, dessa coisinha, que o acaso reúne.

O acaso

O acaso, o aleatório, o inesperado, tudo isso tem uma função muito especial na psicanálise por ser uma das vias para a verdade. No poema *Um lance de dados,* Mallarmé, poeta da segunda metade do século XIX, dedica quase toda sua vida a esta poesia musicada, deixando nela sua marca de singularidade. Nele, o acaso simboliza uma ruptura com a poesia vigente. Num certo momento, Mallarmé afirma que "todo pensamento emite um lance de dados". Um lance de dados jamais abolirá a imprevisibilidade do discurso, nosso grande aliado no divã. O acaso se desenvolve indiferentemente, por meio da afirmação ou da negação, e é um constante desafio na luta do homem contra o imponderável e o incontrolável. O acaso é uma condição com a qual o sujeito tem de se defrontar e não há como suprimi-lo, quaisquer que sejam as circunstâncias. Os dados, quando lançados, não extinguem o inesperado, porém representam o aleatório mergulhando no campo das probabilidades. O ato falho surge inesperadamente. O sonho brota espontaneamente do inconsciente. O sintoma se encontra entremeado com o trauma. A associação é livre, mas está submetida a regras que conduzem à verdade. Tais regras, por sua vez, estão submetidas à lógica da linguagem. Aqui, um trecho do poema:

UM LANCE DE DADOS

JAMAIS
MESMO QUANDO LANÇADO EM CIRCUNSTÂNCIAS ETERNAS
DO FUNDO DE UM NAUFRÁGIO (...)
JAMAIS ABOLIRÁ (...)
O ACASO
(MALLARMÉ, 1991, pag. 153-173).

O acaso também se encontra destacado no conto *A carta roubada* de Edgar Allan Poe. A obra de Allan Poe chegou na França por meio da admirável tradução de Baudelaire, que se dedicou a esse trabalho por dezessete anos. Baudelaire era uma figura de muito prestígio na época, e isto enalteceu ainda mais o trabalho do escritor americano. Edgar Allan Poe tinha, além do vasto conhecimento de várias línguas, um enorme interesse pela literatura e pelos autores franceses.

O conto *A carta roubada* passa-se na corte francesa de Luís XVIII. O relato concentra-se no roubo de uma carta: a rainha se encontrava sozinha nos aposentos reais e estava lendo uma carta, quando de súbito foi surpreendida pela entrada do rei. Depois de uma vã tentativa de ocultar a carta em uma gaveta, a deixou aberta sobre a mesa com o sobrescrito para cima, ocultando, contudo, o conteúdo. Nesse momento, chega o ministro que imediatamente reconhece a letra do sobrescrito e observa o embaraço da rainha ao ver que o segredo dela pudesse ser desvelado. Tira do bolso uma carta semelhante, fingindo lê-la. Ao despedir-se, ele furta a carta da rainha, trocando-a por aquela que manuseara. A rainha, sem poder reagir para não chamar a atenção do rei, tudo vê mas nada pode fazer. Com a carta em mãos, ele passa a deter um poder sobre a realeza.

> Na maioria dos contos, Poe apresenta um quebra-cabeça, uma espécie de enigma, que ele vai montando aos poucos, com grande precisão e minuciosidade. Neles são encontrados personagens que têm uma capacidade analítica inigualável e que, com grande astúcia, vão desvelando o segredo que o conto propõe através da elucidação. Desta forma, Poe cria uma engrenagem perfeita, que prende a atenção do leitor, não pelo simples suspense de um mistério, mas pelo ritmo no qual conduz o desfecho. No instante da decifração, acaba sendo revelada a sagacidade do ser humano. As narrativas policiais de Poe são verdadeiros exercícios de decifração. O personagem decifrador normalmente é apresentado por um narrador anônimo com o qual o leitor se identifica. A função do narrador é ao mesmo tempo servir de intermediário entre quem conta a história e quem a ouve, acompanhando o raciocínio lógico do detetive. O narrador ocupa desta maneira a posição de ouvinte e o de leitor virtual. O leitor se identifica a esse narrador, captando em sua voz a perplexidade, a admiração, a curiosidade com o desfecho, colocando aí sua imaginação em funcionamento, contagiando-se com os sentimentos do narrador-ouvinte, dando ao conto uma vivacidade e um entusiasmo contínuo. (GONTIJO, 2020)

Além do roubo da carta e do percurso de mão em mão, chama a atenção no conto um menino que é um desses personagens singulares criados por Poe. Com cerca de 8 anos de idade, ele era capaz de acertar, quase precisamente, num jogo com bolinhas, se o número de bolinhas que o jogador oponente tinha em mãos era par ou ímpar. Se ele acertasse, ganharia uma bola. Se errasse, perdia uma bola. O sucesso desse menino, que Lacan chama de prodígio, se devia à capacidade dele de observação e de raciocínio a respeito do seu adversário.

> — É, simplesmente – disse eu [o narrador] –, uma identificação do intelecto do raciocinador com o de seu antagonista.
> — É, – disse Dupin. – Quando perguntei ao menino por que meio era efetuada aquela *perfeita* identificação na qual consistia seu êxito, recebi a resposta que se segue: "Quando eu quero descobrir até que ponto alguém é sensato, ou estúpido, ou bom, ou perverso, ou quais são seus pensamentos no momento, componho a expressão de meu rosto, tão cuidadosamente quanto possível, de acordo com a expressão dele, e então espero ver que pensamentos ou sentimentos são despertados na minha mente ou no meu coração, como para se equiparar ou corresponder à 'minha fisionomia'". Esta resposta do colegial mergulha fundamente em toda aquela profundeza errônea que tem sido atribuída a La Rochefoucauld, a La Bougive, a Machiavelli e a Campanella.
> — E a identificação – disse eu [o narrador] – do intelecto do raciocinador com o de seu adversário depende, se bem o compreendo, da exatidão com que é apreciado o intelecto do adversário. (POE, 2001, pág. 179-180).

Por meio de uma brincadeira infantil do par ou ímpar e adotando os sinais + e –, Lacan constrói uma complexa rede denominada rede α, β, γ, σ que formaliza o percurso do significante. Não é o caso fazer esta demonstração aqui, e vamos deixá-la para um momento mais oportuno. O importante é apenas lembrar que foi por esta via, o acaso, que se chegou ao *caput mortuum* e à elaboração do automatismo da repetição. Num episódio semelhante, ao ver o neto de 1 ano e meio brincando de lançar e puxar o carretel, Freud notou como a criança simbolizava a presença e a ausência materna, por meio da repetição.

Caput mortuum

Os alquimistas conhecem bem o *caput mortuum* ou cabeça morta ou inoperante. São os restos inúteis ou o resíduo não líquido das composições químicas. São os restos sem valor descartados em uma mistura mágica. Na magia, é comparado a um corpo do qual se retirou o espírito. Mas para a psicanálise esse *caput mortuum* tem um valor determinante, pois o que ficou do lado de fora, o que foi excluído, é a causa da repetição e ao mesmo tempo o que a limita. Esse resíduo não pode ser descartado e deve ser comparado ao ouro de aluvião e ao garimpo peneirado do cascalho do fundo dos rios com a bateia para encontrar o metal precioso. O nosso *caput mortuum*, o nosso real, é o resultado desta verdade que não é da ordem da significação, um resíduo que tem valor de ouro.

Nada
ou
quase nada
restava
no
fundo
do pote

os resíduos
de pigmento
insistiam
em ainda colorir
(PACHECO, 2020, pág. 26)

Enfim, o *caput mortuum* ou aquilo que resta da poção mágica é ao mesmo tempo a origem do *thesaurus* de cada um e o que determina nossa diferença e que não deixa de insistir. Sempre! Assim, cada um chega ao pélago a seu modo. Nada funciona igualmente em todos. Um resto que vale ouro. As peculiaridades e as histórias pessoais trazem matizes diferentes à vida. Como dizia Guimarães Rosa:

> O importante e bonito do mundo é isto: que as pessoas não estão sempre iguais, ainda não foram terminadas, mas que elas vão sempre mudando. Afinam e desafinam. (ROSA, 1982)

Repetição e diferença

Acaso e repetição estão estreitamente ligados. Apesar do discurso psicanalítico ser um discurso autônomo, ele precisa se associar a outros campos. Sören Kierkegaard, que viveu de 1813 a 1855, contribuiu enormemente para a teoria da repetição em Freud e em Lacan. Com o pseudônimo de Constantin Constantius, introduziu a ideia de que a repetição nunca é a do mesmo.

Para pôr à prova a possibilidade e o significado da repetição, Kierkegaard fez uma viagem de investigação. Sem que ninguém soubesse, para que não houvesse interferência no resultado, retornou a Berlim na tentativa de repetir uma experiência anterior. Eram trinta e seis horas de carruagem sacudindo de Copenhague a Berlim. A viagem era tão longa que as pernas das seis pessoas ali na carruagem, depois de tanto tempo juntas, se misturavam umas às outras, segundo as palavras bem-humoradas de Kierkegaard. Atento aos mínimos detalhes, lembrou-se de que na viagem anterior tinha se assentado no interior da carruagem, virado para frente, e desta vez escolhera um lugar ao ar livre da parte da frente.

Chegando a Berlim, procurou o mesmo alojamento em que ficara anteriormente, mais uma vez em busca da repetição. Vai ao Königstädter Theater na esperança de um reencontro com a jovem que lhe encantara. Frustrado, conclui: não há repetição alguma. Repetiu a experiência no dia seguinte para constatar que a única coisa que se repetiu foi a impossibilidade de uma repetição. Aborrecido com esta constatação, volta para casa com a conclusão de que não havia repetição e que sua descoberta se devia ao ver o repetido de todas as maneiras possíveis. Se existe repetição, ela nunca é do mesmo.

> Ora, este desejo, que afinal confere à repetição a orientação necessária à respectiva produtividade, só é possível se o seu sujeito puder partir da diferença para chegar a essa forma amplificada da diferença que é a constituição do sentido; e partir da diferença significa nada mais do que partir de uma escolha que seja favorável à propensão do desejo. (JUSTO, 2009, pág. 17).

Assim a repetição inclui o diferente. Se a rememoração aponta para trás, a repetição tem um movimento para frente. São movimentos em direções opostas. Repetir não é recordar, repetição é vida. Vida, e não conhecimento. Repetição e diferença andam juntas. O que se repete foi, por isso a repetição traz sempre algo de novo. Mas o fato de que a repetição traz algo de novo não a impede de estar diretamente relacionada com a pulsão de morte. O sofrimento também é uma vertente da repetição.

> A dialética da repetição é fácil: porque aquilo que se repete foi, caso contrário não podia repetir-se, mas precisamente o facto de ter sido faz com que a repetição seja algo de novo. (KIERKEGAARD, 2009, pág. 51)

Na minha infância, a mitologia irlandesa me ensinou que existiam criaturas mágicas bem pequenas, que viviam nos bosques e nas florestas, que se vestiam de verde, que se escondiam nas folhas e nas cascas de árvores e que eram sapateiros que faziam qualquer tipo de sapato. Era quase impossível localizá-los, pois viviam camuflados em sua roupagem e em meio ao verde das florestas. Mas não eram apenas sapatos que eles faziam: guardavam também um pote de ouro no final de cada arco-íris. Se arriscarem ir ao fim de um arco-íris, constatariam que o pote nunca se encontra lá: ou foi levado por outrem, ou não existe ou Leprechaun foi capturado. Se o pote de moedas de ouro representa nossos sonhos, ideais e metas, a ausência dele aponta justamente para a falta estrutural. A verdade de cada um se encontra camuflada, cifrada, e é preciso coragem para fazer essa viagem pelo desconhecido, pelo desejo e pelas pulsões, e nada encontrar ali.

Fazer psicanálise faz diferença?

O desconhecido é o que marca nossa singularidade. Por isso a questão que norteia este texto é: fazer psicanálise faz diferença? O que os analistas podem prometer? O psicanalista em sua função é aquele que é capaz de escutar sem palpitar, sem aconselhar e de se manter no silêncio que permite o Outro falar. O analista se faz presença, e hoje sabemos, em tempos de pandemia e atendimento virtual, que não necessariamente uma presença real, mas a de uma escuta e de uma voz.

> O psicanalista é o interprete do poema estrangulado (...) ofício do psicanalista é o ofício do artista: ele lê a partitura misteriosa que nós mesmos não entendemos e interpreta-o para que, ouvindo a nossa própria beleza, sejamos por ela libertados... (ALVES, 2001).

O psicanalista é aquele que pode conduzir ao ouro do *caput mortuum,* ou melhor, às proximidades deste resíduo. A análise não deve ser um processo infinito, mas sim visar uma mudança da posição subjetiva em relação ao desejo e à pulsão. No lugar da angústia – a moeda universal do afeto – deve advir a satisfação. Reconhecer a satisfação e se responsabilizar por ela. O sujeito antes da análise é refreado e silenciado. E está escravizado pelas pulsões e pelas demandas impostas pelo registro imaginário. No curso da análise, o sujeito se reconstitui, porque as pulsões sofrem transformações. Ele deve superar resistências em adotar uma postura diferente, uma nova posição frente à vida. A angústia reduz e se abre espaço para a satisfação. As palavras mais usadas pelos analisandos são: "agora consigo sair da minha zona de conforto", "enfrento melhor as situações e as pessoas ao invés de fugir delas", "me sinto mais realizado no trabalho", "não cedo tanto aos meus impulsos" etc.

O analisando torna-se autorizado a desfrutar melhor de sua vida. Uma nova maneira de acatar as pulsões, de permitir que se apresentem mesmo sabendo que elas jamais cessarão de existir e favorecendo um acordo ou conformidade entre desejo e pulsão. A singularidade que nos exprime é o que nos enaltece e nos permite nos aproximar da verdade própria de cada um. Se podemos expressar essa verdade por meio da arte, melhor ainda. O importante é deixar o próprio testemunho, com a própria caligrafia, com a própria marca, do jeito próprio de cada um, pois este registro importa, o traço de cada um é seu próprio desígnio. Nem tudo está dito. Se há uma paixão no não saber, há também uma ignorância na paixão. A verdade pode ser dolorosa, pois às vezes somos menos do que acreditamos, somos piores do que achamos. Mas, apesar disso, devemos enfrentar nossos muros. A verdade envolve uma aposta que desemboca na desintegração das aparências e na retirada das máscaras. Quem passa pelo processo psicanalítico aprende a lidar com a relação entre desejo e satisfação.

Fazer ou não fazer análise? Façam uma aposta como Pascal, lancem os dados como Mallarmé, joguem o par ou ímpar como o menino prodígio. Mesmo que questionada por alguns leigos, a eficácia da psicanálise é incontestável. "O bosque, suave, a me atrair, mas há promessas a cumprir, e léguas antes de dormir, e léguas antes de dormir" (FROST, 1969). Recebi esta dedicatória no livro *A solidão*, no texto de Ângela Torres Lima: "Thaïs, fantasmas infantis se encontram escondidos no bosque da solidão. Vê se você encontra algum". Sim, os fantasmas habitam a solidão e por isso somos obrigados a buscar caminhos nunca antes pensados. Ao dizer "eu faço análise, eu fiz análise ou fulano faz ou fez análise", ou seja, ao bordejar o *caput mortuum*, ao adentrar nos bosques, é visível a redução do sofrimento, a aquietação da angústia e a reversão dos sintomas. O inconsciente permanece, vamos continuar a fazer sintomas, porém sabendo que desfizemos certos nós que nos impediam de avançar. Não existe alta para o inconsciente.

A psicanálise nos oferece uma oportunidade de revisitar nossos fantasmas, enfrentar o medo da solidão, retirar as palavras de suas gaiolas. Os sintomas psíquicos são atos inúteis à vida da pessoa. São indesejados e causam desprazer ou sofrimento. O percurso analítico nos permite um alívio de um certo número de inibições, facilitando a realização de certas tarefas. Liberta de alguns recalcamentos e facilita a vida, pelo deslocamento de diversos sintomas. Também tem uma implicação no destino da pulsão e na possibilidade de amansar seus efeitos.

> "Pus-me", escreveu F. Cheng, "encorajado que era por seu silêncio atento, a contar minha vida, minhas experiências da beleza e do inferno, do exílio e da língua dupla. Revejo ainda seu rosto, subitamente iluminado pela malícia e pela bondade, quando me disse: 'Veja, nosso ofício é demonstrar a impossibilidade de viver, a fim de tornar a vida um pouquinho possível. Você já viveu a hiância extrema, por que não alargá-la mais, a ponto de se identificar com ela? Você, que tem a sabedoria de compreender que o vazio é sopro e que sopro é metamorfose, não terá descanso enquanto não tiver dado livre curso ao sopro que lhe resta e feito dele uma escrita, por que não vazada'. Com essas palavras, despedimo-nos. Nesse dia, Lacan me restituiu minha liberdade, tornou-me livre. (CHENG *apud* POMMIER, 1990, pág. 188).

O singular que não surge apenas como oposição, mas como estritamente particular, um nome da verdade. Afinal, não somos feitos da mesma matéria dos nossos sonhos? Os psicanalistas não seriam os feiticeiros da escuta que transformam palavras lançadas ao vazio em ouro? O inconsciente é o nosso fadário, e muitas vezes é no "insignificante" que se encontra a revelação. Par ou ímpar? Cara ou coroa?

“ O que põe o mundo em movimento
é a interação das diferenças,
suas atrações e repulsões: a vida
é pluralidade, morte é uniformidade. ”

Octavio Paz

A ÚLTIMA BONAPARTE

Regina Beatriz Simões

> *Se alguém vier a escrever minha biografia, que a intitule A última Bonaparte, pois a sou. Meus primos do ramo imperial não passam de Napoleão.*
>
> (Marie Bonaparte *apud* BERTIN, 1999)

As relações entre os sujeitos estão entrelaçadas no contexto histórico que a elas se impõe. Por sua vez, a história se configura a partir de relatos, documentos, fatos ou ideias que se estabelecem numa determinada contemporaneidade, como também com o que dela extraímos. Diante disso, parece-me relevante percorrer as trilhas que apontam para a maneira como Freud enfrentou os tempos da guerra e do exílio. As perdas, os lutos, as lutas e o reconhecimento que a história lhe confere dão um contorno, que me parece condizente com o momento atual da nossa história, quando desamparo e esperança permanecem enovelados.

É incontestável a força da literatura, como também as artimanhas, controvérsias e fantasias do que se define como verdade num relato histórico e o que se insinua como hipótese diante de uma vida complexa como a de Sigmund Freud. Buscarei o que dela os biógrafos destacaram, acrescentaram ou subtraíram. Dessa maneira, volto ao tempo, situo-me em Viena.

Ao longo da vida, Freud colecionou amigos, inimigos, admiradores e dissidentes e colheu, na relação com cada um, frutos que lhe foram caros e imprescindíveis. Destaco a relação estabelecida com as pessoas que estiveram presentes na saída de Freud de Viena para o seu exílio em Londres. Elas são responsáveis não apenas pela sobrevivência de Freud e de seus familiares como também pela salvaguarda dos livros, documentos e publicações que sustentam os estudos psicanalíticos e nos abastecem até hoje. Essas pessoas foram responsáveis, sobretudo, pelo afeto encorajador nos difíceis anos de sua velhice, da doença avançada e da dor experimentada por deixar seu lar e seu país buscando a sobrevivência e fugindo da perseguição dos alemães. Nesse cenário em que tudo era escasso, fundamental era o reconhecimento de alguns companheiros fiéis e amigos íntimos, que, junto aos familiares, cobriram Freud de proteção. Dentre tantos, volto meu olhar a Marie Bonaparte, responsável por decisões determinantes em prol da sobrevivência de Freud.

Um pouco de história

Vários amigos estiveram envolvidos no longo e doloroso processo que culminou com o exílio de Freud. De forma sumária, destacarei Ernest Jones, William Bullit, Anton Sauerwald, Dorothy Burlingham e Marie Bonaparte, para contar um pouco dessa história. Eles foram os fiéis colaboradores no processo árduo, perigoso e corajoso ao qual cada um se submeteu na trama freudiana, arriscando suas vidas para que o mestre vienense tivesse seu trajeto final de vida com um enredo menos dramático. Ressaltarei esses personagens, pois, de mãos dadas, cada um, com sua cota de participação, trabalhou resguardando o Pai da Psicanálise. Nenhum deles conseguiria sozinho preservar a vida de Freud e subtraí-la das mãos dos nazistas.

Ernest Jones foi um seguidor disciplinado de Freud. Tornou-se psicanalista e biógrafo e merece destaque pela dedicação à vida e pela tenacidade à obra freudiana. Sob a permissão de Anna Freud, Jones publicou a primeira biografia de Freud após a morte deste. Seu trabalho contém três volumes, repletos de dados, que, até a morte de Freud, eram desconhecidos do público. Jones fez parte dos amigos de Freud que se mantiveram ao seu lado defendendo-o com rigor ao longo de toda a vida.

William Bullit foi diplomata e jornalista, nascido numa rica família da Filadélfia. Ele era conselheiro do presidente dos Estados Unidos, Woodrow Wilson. Em 1930, quando se divorciava de sua esposa Louise Bryant, conheceu Freud em Berlim, no sanatório de Tegel, onde se encontrava em depressão e com ideias obsessivas a respeito da morte. Freud, atento às verbalizações de Bullit, que lhe dizia do desejo de escrever uma biografia sobre a vida do presidente norte-americano, decidiu fazer parte dessa aventura literária. Bullit, que inicialmente foi paciente de Freud, tornou-se seu amigo numa convivência que duraria até o final de sua vida. Freud foi coautor de um livro, que os manteve ligados por muitos anos, embora a família de Freud não reconhecesse nesse livro a escrita freudiana além do prefácio (ROUDINESCO, 2016). A título de curiosidade, esse livro foi publicado em inglês, em 1966, às vésperas do falecimento de Bullit, e traduzido para o espanhol em 1973.

Anton Sauerwald, alemão, vinculado aos nazistas – essa é a descrição primeira que encontro sobre esse homem –, é outro personagem em evidência nessa trama. Suspeita-se que ele era fabricante de bombas para grupos nazistas austríacos. Foi um admirador secreto da obra freudiana, o que justifica sua contribuição à fuga de Freud. A Anton Sauerwald, em tempos do nazismo, foi designada a tarefa de confiscar os bens dos judeus, inclusive os de Freud. Sauerwald foi o *kommissar*[15] que ocultou documentos comprometedores da família de Freud, fato que permitiu que esta se salvasse do massacre do Holocausto. Max Schur (1981) comenta que Sauerwald foi um "nazista por convicção" que se viu tomado por sentimentos de culpa e se reconciliou com sua consciência, tornando-se decente quando foi possível. A presença de Sauerwald no processo de exílio de Freud foi fundamental, embora os

15 "Nome dado ao administrador alemão designado a avaliar, controlar e confiscar os bens dos judeus" (ROUDINESCO, 2016, p. 355).

biógrafos apresentem interrogações sobre as verdadeiras causas que o motivaram nessa defesa.

Dorothy Thiffany Burlingham, nova-iorquina, neta do fundador das lojas Tiffany & Co. e casada com o cirurgião Robert Burlingham (acometido de psicose maníaco-depressiva), foi paciente de Freud no período de 1927 a 1939. Com o objetivo de escapar dos episódios de loucura de seu marido, assim como de tratar de sua fobia e também de entregar seus quatro filhos à análise da família Freud (Sigmund e Anna), Dorothy foi para Viena, onde deu início a uma nova vida profissional e amorosa (ROUDINESCO, 2016). Travou-se entre Anna Freud e Dorothy uma relação de extrema cumplicidade e afeto, que as manteria próximas até o final de suas vidas. As duas mulheres fundaram uma escola particular, junto a Eva Rosenfeld (judia berlinense), destinada às crianças e consagrada no universo europeu. A convivência de Dorothy com a família Freud era de enorme intimidade. Moravam no mesmo prédio, e Dorothy possuía uma linha telefônica ligada à casa de Freud, o que seria de muita utilidade nos momentos decisivos das buscas dos nazistas e na fuga de Freud para Londres (COHEN, 2010).

Ao vasculhar a vida de Freud, colocando o foco no período sombrio da guerra, deparo-me, dessa maneira, com Marie Bonaparte entre os personagens fundamentais em tempos de incertezas e conflitos. Encontro em sua vida elementos que me instigam e fazem alusão a uma possível diferença no contexto da relação que foi tecida com Sigmund Freud, o que me faz dar a ela o destaque neste artigo.

Princesa da Grécia e da Dinamarca, ao se tornar paciente de Freud, Marie Bonaparte construiu, junto a ele, uma relação de amor, amizade, confiança e generosidade, que tornou possível a sobrevivência da família Freud em tempos de perseguição nazista e marcou a diferença na história da psicanálise. Questiono, neste ponto, as possíveis razões que justifiquem tamanha dedicação da princesa, uma vez que acredito que tal envolvimento vai além do altruísmo ou da subserviência, aceitáveis nas mulheres da época. Faço alusão à relevância do processo analítico na vida da princesa a partir do encontro com Freud. Marie Bonaparte teve um engajamento ferrenho e corajoso em prol da causa psicanalítica. Sigo essa vereda. No palco do universo da psicanálise, a princesa selvagem entra em cena.

A vida da princesa

Bonaparte é um sobrenome que está presente na vasta obra de Sigmund Freud. É testemunha da viva e fecunda relação que ele travou com sua paciente, amiga, tradutora e discípula fiel: a princesa selvagem, assim denominada em referência à sua postura intempestiva. É desta forma que Roudinesco (2016) apresenta a princesa da Grécia na biografia que dedica a Freud: "Marie, uma conquistadora brandindo bem alto a bandeira viril do bisavô do qual reivindicava o nome muito mais do que a pompa imperial" (p. 355).

Marie Bonaparte, filha de Roland Bonaparte, sobrinha-bisneta do imperador Napoleão I, não conheceu a mãe, pois esta morreu um mês após seu nascimento, devido a complicações do parto. Ela foi criada pela avó paterna, considerada uma mulher tirana e interessada apenas no seu sucesso e na sua notoriedade. Marie transportou pela vida afora marcas de uma infância solitária, agravada pela ausência do pai – absorvido por questões pessoais e profissionais – e angústias, que muito cedo lhe fizeram companhia.

Na infância, Marie já dava sinais da satisfação que experimentava com a escrita: cartas ao pai, poemas e histórias. Célia Bertin (1989) registra uma bela citação da princesa: "A salvação seria, contudo, extrair da mágoa uma narração" (p. 275). Desde cedo, alinhavando palavras, ela associou a arte de escrever como possibilidade de se salvar das angústias, que não foram poucas.

Quando Marie tinha aproximadamente 16 anos, envolveu-se com Antoine Leandri, secretário de seu pai, e manteve com esse homem um romance secreto e praticamente platônico. Antoine era casado, e ela, com sua inexperiência na vida amorosa e carência, entregou-se com a intensidade das paixões adolescentes, arcando com consequências severas, que a acompanhariam por muitos anos. Antoine, como também sua esposa, chantagearam Marie por muitos anos e, em troca de dinheiro, mantiveram em segredo as cartas que ela enviou ao amante durante o tempo de paixão. Marie viveu essa experiência como uma legítima devastação (GORDON, 2009). Desde esse tempo, a princesa se envolveu com vários homens, buscou afeto e colecionou amantes por muitos anos.

Marie Bonaparte casou-se cedo, aos 25 anos, com o príncipe George, da Grécia e da Dinamarca. A partir do casamento, ela passou a pertencer à família real britânica. Seu casamento foi arranjado por seu pai – como nos insinuam os biógrafos – e apoiado em interesses familiares e financeiros. Ela, entretanto, não desaprovou essa escolha. George, o marido, era homossexual e nutria um forte amor por seu tio Valdemar, o que, provavelmente, servia de álibi para uma convivência muito próxima entre eles. Envolvido nessa relação de cumplicidade com o tio de sua esposa, George não compreendia com profundidade o que se passava com a esposa frígida, selvagem e narcisista.

O casal teve dois filhos: Pedro, que se tornou antropólogo, e Eugênia, que deu dois netos a Marie. Muito além dessa união arranjada e dos conflitos que Marie e George inevitavelmente experimentaram, eles tornaram-se amigos e se mantiveram companheiros ao longo da vida.

Além do luxo, da extravagância, da riqueza e da elegância primorosa dos monarcas que ela tão bem representava, Marie Bonaparte buscava a cura em cirurgias que trouxessem satisfação à sua vida vazia. É o que nos conta David Cohen (2010) quando, em seu livro, apresenta Marie, a paciente de Freud.

A busca pela análise marcou uma mudança, a qual se tornaria radical na posição que ela assumiria diante das vicissitudes da vida. Marie escreveu, no percurso de sua história, vários artigos ligados às questões da feminilidade e do masoquismo, sempre angustiada com sua frigidez, ponto de mal-estar, que a acompanhou em sua existência. Várias são suas obras: *Marie-Felicite: um caso de loucura criminal*, escrita em 1927, os *Cinco Cadernos – ensaios autobiográficos* e os *Cahier noirs*, relato de suas reminiscências acerca de sua análise e sua vida. Assinou uma psicobiografia sobre Edgar Allan Poe, obra em que ressoam fragmentos da sua infância. Destaco essa relação importante com a escrita, presente em distintas etapas de sua vida.

Antes de iniciar sua análise com Freud, Marie se aventurou numa pesquisa com 200 mulheres, na qual avaliou se o prazer sexual estaria correlacionado à distância entre o clitóris e a vagina, concluindo que a ausência de prazer coincidia com a maior distância entre eles (GORDON, 2009).

A princesa Marie chegou à Viena em 1925, com 45 anos de idade. Entediada com a vida monárquica, envolta em insatisfações e sem objetivos significativos, ela buscava tratamento, para sua inominável dor de existir, com o já famoso Freud. Considero essa transição como um divisor de águas em sua vida.

Entrelaçamentos: vida e análise

A história de Marie Bonaparte foi marcada por uma busca inquietante pelo prazer sexual. Esse foi o sintoma de angústia que a paciente apresentou ao seu analista. Como Marie vivenciou seu processo de análise e se apropriou daquilo que lhe era realmente valioso? Busquemos os biógrafos, comentadores e, sobretudo, os ditos deixados por Freud nas suas inúmeras citações sobre e dirigidas à princesa, inclusive longas e respeitosas cartas trocadas entre eles, documentos relevantes para a compreensão do nosso texto.

Ao se encontrar com Freud pela primeira vez, ambos se surpreenderam. Ele não se entusiasmou por receber uma mulher cheia de títulos e extravagâncias, e ela, com o mesmo sentimento, por se deparar com um homem diferente dos profissionais que já havia procurado.

Os objetos de arte que compunham o ambiente de trabalho de Freud foram o primeiro tópico que despertou a atenção de Marie. Esse detalhe seria um bom começo para uma relação que se tornaria de afinidade, cumplicidade e afeto.

É notório o que representava para Freud sua coleção de antiguidades (aproximadamente duas mil peças). Este foi um ponto de aproximação entre eles: Marie, encantada com as peças que se encontravam em seu consultório; Freud, alimentado pela curiosidade que despertava na princesa. Segundo Burke (2010), "Para Freud, a grande aventura psicanalítica e sua coleção de arte se desenvolviam simultaneamente, num relacionamento simbiótico e nutritivo, uma instruindo e enriquecendo a outra" (p. 14). Sobre essa coleção, biógrafos conferem uma narrativa minuciosa, que merece um capítulo à parte.

Dentro de seu consultório, Freud criou uma galeria particular, onde nutria o prazer de trabalhar rodeado por seus tesouros. Era ali, onde nenhum componente familiar transitava – com a exceção de Anna –, que seu universo estava protegido, onde ele guardava seus objetos sagrados e dividia seu mundo antigo com os pacientes. Isso, naturalmente, não passou despercebido por Marie Bonaparte, que, ao longo da convivência com Freud, inúmeras vezes o presenteou com peças valiosas.

A análise de Marie com Freud se desenrolou em duas línguas – inglês e alemão – e se processou em sucessivas etapas entre os anos de 1925 a 1938. Esclareço, como já citado anteriormente, que a queixa primeira que fez Marie buscar inúmeros tratamentos e cirurgias foi uma frigidez, que a impedia do prazer sexual. Ela chegou a Freud demandando a cura. Marie acreditava – até conhecer Freud – que a sexualidade era um assunto exclusivamente biológico, anatômico e orgânico. Outros sintomas, naturalmente, surgiriam ao longo do processo de análise.

Os dois iniciaram um tratamento que passou por diversas fases. Freud compreendeu que seria necessário colocar limites em uma mulher que não encontrava muitas barreiras na vida, pois tinha o poder, o dinheiro, as facilidades e as regalias da vida ao seu alcance. Roudinesco (2016) salienta, entretanto, que a análise de Marie foi considerada um dos tratamentos mais bem-sucedidos da clínica de Freud, uma vez que inúmeras transgressões destrutivas, como o suicídio, foram evitadas. Quando a princesa procurou Freud, ela acabava de vivenciar uma tentativa de suicídio e publicou na Bélgica um artigo (*Considerations sur les causes anatomique frigidté chez la femme*, em *Journal Médical de Bruxellas*, em 27/04/1924), no qual engrandecia os louros de uma intervenção cirúrgica em voga, que consistia em aproximar o clitóris da vagina na busca de se atingir o orgasmo do clitóris para a vagina. Para manter o anonimato, Marie Bonaparte usou o pseudônimo A. E. Narjani.

Na vida de Freud, ela foi presença zelosa, aluna, discípula, admiradora, a verdadeira embaixadora dedicada. Aventuro-me a dizer que Freud ocupou a função de pai, de autoridade e de devoção na vida da princesa. Por sua vez, ela esteve no lugar de filha-cuidadora, protetora e admiradora do pai.

Marie Bonaparte se tornou pioneira da psicanálise na França e tradutora das obras de Freud. Através de seu prestígio e dinheiro, pôde salvar arquivos e documentos ameaçados pelo nazismo. Marie pagou um valioso resgate para tirar a família de Freud de Viena, conseguindo transportar a coleção de antiguidades, tão cara à vida dele. Isso foi feito de maneira cuidadosa: a princesa guardou, pouco a pouco, os objetos da coleção de antiguidades na Embaixada da Grécia, onde ela tinha livre acesso. Há uma cena preciosa e muito bem retratada no filme *Princesse Marie* (Jacquot, s.d.), no qual Marie se posiciona na escada que dá acesso à casa de Freud, enquanto Anna Freud é levada para interrogatório pelos nazistas. Sem perder a postura monárquica ou largar as peles e vestimentas que a cobriam, a guardiã da família ali permaneceu até o retorno de Anna: dia, considerado para a família, mais angustiante da vida de Freud. Abre-se, aqui, um ponto para reflexão: em tempos de guerra, tudo representa perigo. Marie correu riscos e os sustentou priorizando o que era valioso para Freud.

No ano de 1936, a vida de Freud já era marcada pela doença, velhice, perdas e desilusões, pois a guerra fazia parte dos seus dias e o nazismo batia à sua porta. Muito se encontrava em jogo: a permanência de Freud em Viena, os livros de sua coleção, suas publicações psicanalíticas, as coleções de antiguidades, suas economias, sua reputação profissional, o destino de sua família como também a doutrina psicanalítica. Peter Gay (2012), biógrafo de Freud, apresenta com detalhes essa importante revelação no diálogo que Freud e Marie travaram. Especificamente no dia 30 de dezembro do mesmo ano, Marie Bonaparte levou a Freud a notícia de que um livreiro de Berlim – Stahl – lhe oferecera as cartas de sua autoria enviadas a Fliess como também os inúmeros apontamentos registrados que compunham a teoria e prática da psicanálise, escritos durante os anos de 1890. Tais cartas estavam, inicialmente, nas mãos da viúva de Fliess, que se negou a devolvê-las a Freud quando Fliess faleceu. O livreiro, de posse de tais cartas, recebeu ofertas para venda aos Estados Unidos, mas tinha interesse em mantê-las na Europa.

É notório que a correspondência entre Freud e Fliess (MASSON, 1986) representa um capítulo fundamental na vida de ambos. Saliento que apenas as cartas dirigidas a Fliess sobreviveram ao tempo (e foram estas as que foram resgatadas por Marie). As cartas de Fliess, dirigidas à Freud, representam uma incógnita no universo da psicanálise. Segundo Malcolm (1983):

> (...) essas cartas, escritas entre 1887 e 1902, são vistas pela comunidade como o mais importante documento da história da psicanálise. Fliess, um especialista em ouvido e garganta de Berlim, dois anos mais moço que Freud, provocou em Freud o que em termos psicanalíticos se chama idealização na transferência e ambos dividiram ideias e pensamentos durante a década crítica (para os psicanalistas) de 1890. (...) as cartas de Freud a Fliess revelam que a psicanálise não brotou da cabeça de Freud como Atena da cabeça de Zeus, mas foi o produto de anos de uma luta característica, cercada de perigos, equívocos, desconfortos e desprazeres (p. 26).

Dessa maneira, as cartas continham, além dos registros preciosos de uma teoria em construção, confidências entre os autores e, aos olhos destes, eram altamente comprometedoras, uma vez que diziam respeito à intimidade e afeto que nutriam um pelo outro. Trago essa porção significativa da história, porque Marie Bonaparte foi sensível a essa correspondência e, sabendo o valor das cartas para o futuro da psicanálise, sustentou uma posição de enfrentamento a Freud, que queria eliminá-las, queimando-as. Célia Bertin (1990), biógrafa de Marie Bonaparte, transpõe as palavras da princesa, que teriam feito Freud ceder diante da sua relutância: "O senhor mesmo, caro pai, talvez não sinta toda a sua grandeza. O senhor pertence à história do pensamento humano como Platão, poderíamos dizer, ou Goethe" (p. 264). Marie sabia dessa verdade e da força de suas palavras.

Retorno à análise de Marie Bonaparte, pois é nesse ponto que destaco a existência de uma "diferença" de postura, relevante para a saga psicanalítica, já que enfatiza a subjetividade e subversão do sujeito, conceitos caros para a psicanálise.

Sobre a obsessão de Marie Bonaparte em busca da resolução para sua dificuldade na vida sexual ou obtenção de prazer nas relações com os parceiros, mediante o ato cirúrgico, temos reflexões que nos parecem pontuais. Sublinho, com base no ensino de Lacan, que o tratamento de Marie Bonaparte exemplifica o resultado de uma recusa obstinada em articular simbolicamente a função do falo na produção do desejo e do gozo sexual. A impossibilidade de aceder, no ato sexual, ao gozo vaginal – gozo inatingível e idealizado – fez com que ela interviesse no corpo real na vã tentativa de dar resposta aos paradoxos do gozo. Marie se lançou em cirurgias anatômicas experimentais buscando o alívio para seus padecimentos do gozo sexual: cirurgias experimentais que colocavam, inclusive, sua vida em risco.

A princesa se submeteu a elas por três vezes, apesar e além da intervenção de Freud, que se recusou a concordar com tais atos. Sobre a análise de Marie, Vidal (2012) enfatiza que "o gozo que devia ser tratado simbolicamente pelo inconsciente era degredado e reduzido à concretude de um órgão" (p.13). Assim, parece-me que houve um impasse, no qual analista e analisante se depararam, pois, diante de Marie Bonaparte, Freud (1925) proferiu estas palavras, que se consagrariam como um enigma da psicanálise: "A grande questão que jamais foi respondida e que ainda não fui capaz de responder, apesar de meus trinta anos de pesquisa da alma feminina, é: *o que quer uma mulher?* [16] (p. 304).

Se, para Freud, a questão da sexualidade foi o enigma sobre o qual ele se debruçou até seus últimos dias, a pergunta dirigida à princesa continua a inquietar psicanalistas e interessados na temática feminina.

16 Os biógrafos são unânimes em dizer que nem mesmo Ernest Jones sabia com precisão a data em que essa frase foi proferida por Freud.

Freud (1912/1980), nos primórdios, sustentou que a "anatomia é o destino" (p.172). Essa frase gerou várias interpretações e críticas. Se, por um lado, esse dito aponta que a anatomia sustenta uma diferença natural, intransponível, entre homem e mulher, por outro, ela pode ser interpretada ratificando a ideia de que a anatomia é decisiva, sim, entretanto, nada natural, pois a sexualidade se constrói para a criança num segundo tempo da infância, a partir do olhar do Outro. É o mundo particular, a história, os laços construídos que vão dizer a respeito da posição em que a criança se situa em termos de identidade. Enfatizo que nós existimos ou nos tornamos sujeitos sexuados a partir do Outro.

O discurso freudiano estabelece o nó da sexualidade e do inconsciente. Onde havia o destino, há o lugar da inscrição da falta do sexual, operação limite que desvela a responsabilidade de cada um no ato de autorizar-se como ser sexuado.

Lacan (1962-1963/2005), no *Seminário da Angústia*, com base no enunciado de Freud, destaca a anatomia a partir de sua raiz etimológica: *tomo, tomia, corte*. A diferença anatômica entre homem e mulher pode ser compreendida como um recorte que resulta do encontro entre simbólico e real. Lacan (1962-1963/2005), portanto, introduziu um corte, produzindo uma escansão significante: "ana-tomia" e dando lugar à letra *a* com que designa o objeto na economia do gozo – aquilo que resta, aquilo que fica.

Após essa pequena explanação, voltemos à princesa. Ao longo da análise, Marie Bonaparte se deparou com sua dificuldade diante dos sintomas e parece-me que fez uma transposição: saiu do seu estado inicial no tratamento masoquista, suicida e de mutilação, envolvendo-se na causa da psicanálise, o que lhe propiciou um novo caminho. Constato que um novo discurso se esboçou no processo analítico de Marie: com a escrita, com a atuação na clínica psicanalítica, novos laços, novas funções no contexto profissional foram articulados, dando lugar a uma outra fase da vida: de princesa à psicanalista.

O desconforto que a atormentava na vida pregressa assumiu um novo estatuto: ela abraçou a causa psicanalítica. Desabrochou a mulher intelectual, a autora e pensadora, personalidade ativa da tessitura social. Marie foi a primeira psicanalista francesa e uma das poucas que Freud analisou. Ferrenha defensora da análise leiga, organizou o movimento psicanalítico francês, sobre o qual reinou durante décadas, embora tenha desagradado muitos profissionais. Desentendeu-se com Lacan, o que colaborou para os acontecimentos que resultaram nas cisões de 1953 e 1963 na Sociedade de Paris. Este é um tópico à parte e vai além deste artigo. Ciente de quanto sua atuação desagradou a Lacan e seus seguidores, enfatizo, todavia, que esse item não inviabiliza sua importância na saga psicanalítica.

Marie salvou as cartas de Freud e de Fliess, documentos primordiais, que relatam as primeiras descobertas, os primeiros esboços da teoria em construção como também a análise original de Freud. Salvou-o da morte em Viena. Emprestou-lhe a quantia necessária para pagar o documento nada-consta, imprescindível para a saída de Viena. Salvou sua coleção de antiguidades, relíquias para a história da humanidade. Acolheu Freud e sua família na chegada a Paris. Nessa parada da viagem, que teria como término Londres, os levou para sua mansão em St. Cloud, onde puderam repousar por algumas horas. Sobre essas horas na periferia de Paris, Freud teria dito: "Bastou um dia em sua casa em Paris para restaurar nosso bom humor e senso de dignidade: após termos sido cercados por seu amor durante 12 horas, partimos orgulhosos e ricos sob a proteção de Atena" (BURKE, 2010, p. 237). Em Londres, ela proporcionou a Freud o melhor dos aconchegos.

Marie Bonaparte marcou seu afeto definitivamente ofertando o depositório onde Freud repousa: uma urna grega vermelha, sua última homenagem ao Pai da Psicanálise. Se hoje nos permitimos o acesso ao acervo freudiano, não o teríamos se não existisse a coragem, o prestígio, a ousadia, o dinamismo e a abnegação da princesa. Marie

Bonaparte faleceu no dia 21 de setembro de 1962, vítima de leucemia, em Saint-Tropez, na França, aos 80 anos de idade.

Na tentativa de destacar os pontos prioritários ao redor das ideias e fatos referentes à história psicanalítica, ressalto que outros personagens continuaram nessa saga após a morte da princesa. Kurt Eissler, psicanalista vienense, que emigrou para os Estados Unidos, foi quem primeiro instituiu um lugar de memória para o movimento psicanalítico: os Arquivos de Freud, que se encontram na Biblioteca do Congresso, em Washington. Sobre esse assunto, um outro artigo se faria necessário.

De maneira sumária, pontuo que há uma trama em que Kurt Eissler, Anna Freud e Jeffrey Moussaief Masson – antifreudiano – se envolveram na árdua tarefa de salvaguardar documentos, cartas, apontamentos e a respeitável obra de Freud. Alguns desses documentos encontram-se ainda proibidos para o alcance do público. Isso significa que a história da psicanálise continua a ser escrita e redescoberta em cada biografia editada ou quando novos acessos aos tesouros freudianos são liberados.

A subversão e a diferença

A psicanálise traz, desde sempre, a marca da subversão. Ela é subversiva com relação à posição que o sujeito passa a ocupar referente à sua subjetividade. Se, no final de uma vida, podemos nos tornar diferentes do que fomos um dia, no final de uma análise, a diferença radical atravessa o sujeito quando ele se apropria dos seus significantes e se descola do Outro. Surge um novo caminho aberto para a aposta, para o risco, e o analisante se responsabiliza por seu discurso com as marcas próprias. O sujeito passa a buscar respostas diferentes daquelas que representavam seus encontros anteriores com o Real. O que antes o aprisionava dá lugar a uma outra posição no mundo e na sua trajetória.

É o que procuro apresentar na história de Marie Bonaparte. Deslocar do lugar de princesa e ocupar a função de analista, assumindo a propagação da psicanálise nos territórios que lhe conferiam espaço, passou a ser a missão da princesa. Marie não se curou dos sintomas sexuais que a afligiam, porém deu um outro lugar a eles, fez uma nova articulação. Deslocou-se do lugar de suicida, masoquista, e se colocou a trabalho. O que ela almejou com afinco – a obstinação pelo prazer sexual – foi se transformando ao longo do processo de análise e da convivência com Freud, perdendo a força e a intensidade em prol de uma causa que abraçou de maneira vigorosa. Sublinho, dessa forma, que a psicanálise possibilita operar com a falta, produzir movimento. É o que a história de Marie narra: um saber fazer com o sintoma, um fazer de outra maneira. Destaco que é justo isso o que se espera de um final de uma psicanálise: o confronto com a castração, o trabalho do inconsciente de cifrar o gozo.

Marie, com posturas libertárias, marcou sua singularidade. Essa diferença radical, narra, a partir de Marie Bonaparte, a história da psicanálise de uma outra maneira. Se hoje temos Freud e sua história nos museus, sua obra preservada, suas cartas publicadas, seu consultório intacto em Londres; se Freud pôde morrer com dignidade, devemos isso, sobremaneira, a uma mulher que sustentou sua causa, marcando, com isso, a diferença na história da psicanálise.

“

Leveza no ar
Pensamento flutua…
Viaja na cor
Envolto, seduzido
Por todos os seus tons.

”

わが思い
漂う色の
旅をゆく
その色調に
魅惑されつつ

A EXPLOSÃO DAS CORES

Fabio Borges

> *Quando entrei no Salão Rosemberg e vi nas paredes umas cinquenta das telas arlesianas de Vicente, aconteceu-me algo que nunca me havia acontecido antes e que nunca mais me aconteceu depois: fiquei transpassado, sem poder mover-me, respirar ou pensar. Não sei quanto tempo permaneci nessas condições, talvez dois minutos, talvez vinte até que finalmente pude entrar na própria galeria e escrutinar cuidadosamente os quadros. Quando consegui desprender-me dali perguntei a mim mesmo: Quem é este homem que pode mover-me tão profundamente, que pode mostrar como tenho estado cego durante toda a vida?*
> (STONE, 1968, p. x)

Esse é o relato feito pelo escritor Irving Stone quando foi apresentado às pinturas de Van Gogh. Stone continuou tomado por esse sentimento durante muito tempo e não conseguiu escrever mais nenhum texto até que decidiu se tornar um dos biógrafos de Vincent e escrever a história de sua vida. Em suas palavras: "no fim de alguns meses compreendi que a não ser que a escrevesse, nunca mais poderia escrever outra coisa, nem uma linha, que a história de Van Gogh era uma muralha de pedra que eu precisava subir, se tinha de continuar a escrever o que desejava (STONE, 1968, p. xi).

Essa primeira experiência impactante com a pintura de Van Gogh aconteceu também com várias outras pessoas tal como com o poeta francês Antonin Artaud, em fevereiro de 1947, quando o escritor foi visitar uma amostra da obra no Musée de l'Orangerie, em Paris, onde estavam expostos 177 quadros do grande pintor holandês. Artaud se sentiu tão tocado pelas pinturas que, durante duas semanas sem intervalos, escreveu um ensaio sobre a obra de Van Gogh – *Van*

Gogh le suicidé de la société [*Van Gogh. O suicida da sociedade*, na tradução de Ferreira Gullar publicada pela José Olympio em 2003]. Na verdade, trata-se de um dos textos mais bonitos e intensos escritos pelo poeta em toda a sua obra literária. O ensaio foi publicado em setembro de 1947 – quando, então, Artaud foi agraciado com o prêmio Sainte-Beuve; na época, o principal prêmio literário para ensaios na França – e permanece, até hoje, um dos mais importantes já escritos sobre Van Gogh e sua obra.

Uma experiência semelhante aconteceu comigo: há alguns meses, assisti a um filme sobre a obra de Van Gogh. Um filme muito delicado e especial, que utiliza uma técnica de computação por meio da qual as cenas são compostas a partir das pinturas de Vincent. Assim, nós, espectadores, temos a sensação de que estamos pintando os quadros; como se, naquele momento, fôssemos os pintores: espalhando as tintas pela superfície das telas.

As cenas e as cores são tão intensas que causam um considerável impacto no espectador. Somos tomados pelo filme, e essa experiência deixa um resto não assimilável que nos exige trabalho. Após ver o filme, fiquei tão impressionado que comecei a ler vários livros sobre Van Gogh, numa tentativa de fazer frente ao incômodo que sentia, de explicá-lo. Assim, fui fazendo anotações e terminei por produzir este texto que apresento hoje.

Escolhi escrever sobre o último ano de vida de Van Gogh, especialmente sobre o tempo que viveu na Provence francesa. Considero esse período o mais importante e o mais criativo de toda a sua vida como pintor.

Em 1885, Van Gogh chega à Antuérpia, onde permanece por um curto período e, em seguida, retoma seu caminho para Paris. No entanto, a estadia nessa cidade será decisiva para a sua criação posterior. A época de sua experimentação começa nesse momento; só aqui Van Gogh liberta o seu ardor criativo, sai do rigor calvinista de sua terra natal e consegue se desligar dos laços que o amarravam ao ambiente familiar.

No início, sua obra foi marcada pelo mundo triste e sombrio dos camponeses, mas, agora e nos anos seguintes, Vincent experimentará todas as formas de expressão artística que se apresentavam como progressistas e vanguardistas. Essas inovações que aprendeu na Antuérpia manifestam-se com toda a clareza em uma de suas primeiras pinturas do período parisiense.

Os dois anos em que Van Gogh morou em Paris foram os mais felizes de sua vida; os mais ricos de encontros com outros pintores, famosos ou não, com os quais pôde trocar muitas experiências importantes. A estadia em Paris é uma total revolução em sua maneira de encarar o mundo e em toda a sua concepção de vida. As suas Cartas a Théo tornaram-se mais interessantes. Em suas palavras: "(...) o ar da França clareia as ideias e faz bem, muito bem, todo bem possível (...)" (VAN GOGH apud LASSAIGNE, 1973, p. 71). Vincent vê e acompanha o trabalho dos impressionistas e entra em contato com os jovens pintores que gravitavam em torno desse movimento e já se preparavam para renovar suas bases: Seurat, Signac, Gauguin e Toulouse-Lautrec.

Em 1887, escreve à sua irmã:

> (...) tive a ocasião de aprofundar a questão da cor. No ano passado quase que só pintei flores, para me habituar a usar o rosa claro ou forte, verde claro, o azul e o violeta, o amarelo, o laranja e um belo vermelho (...) nesse verão enquanto pinta-

> va paisagens em Asnières vi mais cores que antes (VAN GOGH *apud* LASSAIGNE, 1973, p. 71).

Vincent conhece e se relaciona mais com Toulouse-Lautrec e também Gauguin, com quem vive por alguns dias em Arles. Cézanne também fazia parte do grupo. Van Gogh termina por considerá-los seus amigos. Eles infestam os cafés em Montmartre, onde todos são vizinhos.

Vincent percorre as ruas desse bairro encantado e inspirado por suas casas rústicas, seus jardins com vinhedos e seus moinhos de vento, que recordam sua infância. Sob a luz da colina ensolarada, sua paleta modifica-se, torna-se mais clara e diferente.

A luminosidade do impressionismo, a dissolução de superfícies em estruturas gráficas através do pontilhismo, a lisura decorativa do japonismo, todos esses princípios foram aproveitados por Van Gogh nos dois anos vividos em Paris, em permanente confrontação com seus colegas artistas. Com eles discutiu a Teoria das Cores de Delacroix e aperfeiçoou o uso do contraste complementar, o emprego rígido da cor preta e também empreendeu a progressiva renúncia à cor local.

As teorias tornaram-se-lhe uma segunda natureza; composição e coloração deixaram de ser um ato de imposição ponderada para se tornar um gesto espontâneo perante a tela. O período parisiense representou, para Van Gogh, as melhores condições de aprendizagem e a recusa das academias

A diferença do olhar

Van Gogh chegou à Provence no mês de fevereiro de 1888. Havia decidido abandonar Paris e ir para o sul; procurava a limpidez de um céu claro, onde a natureza de que tanto necessitava para seus estudos fosse mais alegre, e as cores, mais intensas. Além disso, havia as dificuldades no relacionamento com o irmão Théo, que pareciam aconselhar uma separação. Ao pegar o comboio para Arles, mostrava-se tão esperançoso quanto a sua natureza lhe permitia.

O interesse pelo sul começou desde a viagem que Albrecht Dürer fez à Itália. A partir daí, muitos pintores do norte foram atraídos pelo Mediterrâneo. Não era somente a arquitetura e a pintura de quatrocentos anos que interessava descobrir; nem a comoção de pisar solo tão prenhe de histórias; o que seduzia os artistas em massa era a fascinação da paisagem mediterrânea com seu suave clima, que mergulhava na luz nórdica no sol quente. Os efeitos desse turismo de artistas dão a se conhecer pelos quadros: as paletas tornam-se mais coloridas, os temas, mais clássicos. Paul Klee descreveu a vivência no sul resumindo o resultado de sua viagem à Tunísia com a confissão enfática: "descobri as cores" (VAN GOGH *apud* WALTHER, 1973, p. 33).

É interessante que, quando Van Gogh escreve a seu irmão Théo sobre a sua mudança de Paris para Arles, este pondera que muitos pintores famosos já tinham vivido lá e, assim, esgotado tudo que havia para ser pintado, portanto seria uma perda de tempo Vincent ir para aquele lugar. Mas Van Gogh acreditava que os pintores anteriores não haviam esgotado tudo o que havia para ser visto no sul da França e haviam deixado de ver o essencial.

Vincent então diz a Théo que, *diferentemente* desses pintores, ele considerava que suas pinturas *podiam abrir os olhos* das pessoas para o que ele estava sentindo e que tentaria transmitir com seu trabalho. Assim, Vincent mostrava que seu desejo era pintar o *sul* e ajudar as pessoas a *ver* o que ainda não haviam visto. Ele sempre acreditou em um projeto no qual os artistas pudessem pintar *um pedaço do mundo* e, com isso, abrir seus olhos para a arte.

Na verdade, podemos mesmo afirmar que, se Van Gogh tinha tanta fé no poder esclarecedor da arte, era porque, muitas vezes, o vivenciara como observador de outros artistas e suas pinturas.

Van Gogh costumava prestar homenagem a pintores que lhe haviam permitido ver certas cores e atmosferas. Velázquez, por exemplo, dera-lhe um mapa que lhe permitiu ver o cinza. Algumas telas de Velázquez retratavam interiores humildes da Península Ibérica, com suas paredes de tijolo ou de um emboço sombrio, nos quais, mesmo no meio do dia, a cor dominante era o cinza sepulcral ocasionalmente penetrado – onde as venezianas não estivessem bem fechadas – por um raio amarelo brilhante. Velázquez não havia inventado esses efeitos; muitos pintores os haviam presenciado antes dele, mas poucos conseguiram transformá-los em experiência comunicável. Essa era uma diferença essencial entre Van Gogh e outros pintores.

Van Gogh considerava que a marca de todo pintor era permitir que se vissem certos aspectos do mundo com maior clareza. "Se Velázquez foi seu guia para o cinza, Monet foi seu guia para o pôr do sol, Rembrandt, para a luz da manhã e Vermeer, para os adolescentes de Arles" (BOTTON, 2003, p. 202-203). Esses aprendizados eram a comprovação do projeto de Van Gogh que afirmava que alguns pintores conseguiram tornar possível uma *transmissão*.

Podemos retomar agora o que aconteceu comigo quando estava escrevendo este texto. Na verdade, eu estava experimentando a proposta feita por Van Gogh de abrir os olhos e permitir que a beleza de suas pinturas fosse transmitida a mim. Algo semelhante ao que aconteceu com Irving Stone e Antonin Artaud quando foram apresentados à obra de Van Gogh.

Na medida em que fui escrevendo, sentia como se estivesse pintando um pedaço do mundo. Com isso, pude ir abrindo os olhos e tendo acesso às pinturas de Van Gogh. E fui percebendo que sua obra exige um trabalho como aquele que ocorre nos sonhos quando partimos de um resto, um resíduo que permanece em cada um de nós como algo não assimilável.

Tal como Van Gogh, o pintor tem acesso a um pedaço do mundo. Sempre se trata de um pedaço da realidade, porque não temos acesso à realidade inteira. Temos então a produção de um sonho – ou de um quadro ou de um texto. Nas palavras de Van Gogh: "Experimento uma terrível clareza em momentos em que a natureza é tão linda. Perco a consciência de mim mesmo, e os quadros vêm como um sonho (...)" (VAN GOGH apud WALTHER, 1973, p. 78). Assim, abrem-se os olhos para vermos outra Provence, que não havia sido vista pelos outros pintores realistas que ali estiveram.

Essa é a diferença entre Van Gogh e outros pintores.

Grande parte dos pintores que havia estado na Provence antes de Van Gogh era formada por pintores realistas, apegados à noção clássica, cuja missão era, então, colocar sobre a tela uma versão precisa do mundo visual. Saíam pelos campos e montanhas da Provence e pintavam versões reconhecíveis de ciprestes, campos de trigo e girassóis.

Van Gogh insistia que a maioria deles não havia conseguido fazer justiça a seus temas. Ele alegava que esses pintores não haviam produzido retratos realistas da Provence. Vincent considerava o mundo algo muito complexo, e isso fazia com que dois quadros realistas do mesmo lugar fossem muito diferentes, dependendo do estilo e do temperamento do pintor. E acreditava que nenhum quadro jamais conseguiria captar o todo, como Nietzsche salientou em seu poema O pintor realista (NIETZSCHE *apud* BOTTON, 2003, p. 204):

Totalmente fiel à natureza! – que mentira!
Como se poderia jamais comprimir a natureza num quadro?
O menor pedacinho da natureza é infinito!
E assim ele pinta o que lhe agrada nela.
E o que lhe agrada?
Ora, o que ele consegue pintar!

É importante ressaltar que Vincent teve a energia e o talento para transformar o seu trabalho em uma experiência comunicável, e nunca mais os girassóis, os campos de trigo, os ciprestes, os sóis, as estrelas, enfim o mundo seria o mesmo. Após sua pintura, tudo mudou. Essa foi a grande contribuição de Van Gogh para o mundo da luz. A partir de sua obra, houve uma explosão de cores, mas foi necessário que ele as pintasse primeiro. Encontrei em certo escritor inglês algo paralelo na literatura: segundo o que nos diz, Oscar Wilde teria escrito que não havia *fog* em Londres até que o pintor Whistler o pintasse.

Van Gogh chamou a atenção para as cores primárias da Provence – o vento mistral que sopra ao longo do Vale do Ródano elimina do céu as nuvens e a umidade, deixando a região com um azul puríssimo. Ao mesmo tempo, um lençol de água alto e uma boa irrigação promovem uma vida vegetal de uma exuberância singular. E na Provence não existe névoa. A combinação de um céu sem nuvens, ar seco, água e vegetação exuberante deixa a região dominada por cores primárias vivas e contrastantes.

Pintores anteriores a Van Gogh tinham propensão a deixar de lado esses contrastes e a pintar somente com cores complementares, assim retrataram a Provence em sutis graduações de azul-claro e marrom. Van Gogh ficava furioso com esse desprezo pelo esquema natural da paisagem. Em suas palavras: "A maioria dos pintores por não ser colorista (...) não vê o amarelo, o laranja ou a cor do enxofre no sul, e chama de louco um pintor se ele enxergar com olhos diferentes deles (...)" (VAN GOGH *apud* BOTTON, 2003, p. 212).

A partir daí, Van Gogh abandonou sua técnica de claro e escuro e saturou suas telas com cores primárias, sempre numa disposição que maximizava seu contraste: vermelho com verde, amarelo com roxo, azul com laranja. Ele escreve à sua irmã:

A cor aqui é primorosa (...) quando as folhas verdes são novas, são de um verde intenso. Raramente vemos no norte alguma cor semelhante. E mesmo quando tudo fica ressecado, a paisagem não perde a sua beleza, pois nessa época ela adquire um tom dourado de vários matizes... e isso, associado aos azuis – desde o mais profundo azul rei da água azul dos miosótis, cobalto, um azul vivo de um tom claro especial (...) (VAN GOGH apud BOTTON, 2003, p. 212).

A pincelada é muito importante na obra de Van Gogh; é utilizada de maneira diferente: ora em lâmina, como Coubert, ora em vírgulas, como os impressionistas. Ele desenha sempre com pequenas pinceladas, o que mostra sua diferença dos outros pintores para os quais a pincelada servia apenas para cobrir um desenho preliminar da forma.

Van Gogh procurava sempre exagerar o essencial e deixar indeterminado o banal. Para obter os volumes, a pincelada torna-se sinuosa e ondulante. Como um rio inesperado, esse impulso abraça, circunda e acentua todas as formas em todos os sentidos, desenvolve-se muitas vezes em vertiginosa espiral. Um ritmo parece animar tais quadros que é da própria existência de Van Gogh que se exprime. Ele descobriu que podia representar a profundidade e a distância unicamente com a cor pura, sem recorrer às formas às convenções simbólicas. Em suas palavras: "é preciso tomar uma decisão, e isso é o que espero fazer e será provavelmente por intermédio da cor" (VAN GOGH *apud* LASSAIGNE, 1973, p. 77). Assim, a lei dos complementares acrescentou o conceito de que a cor possui um valor de significado especial. Vincent decompõe o tema, a natureza, para extrair a estrutura sem pensar em nada. Os toques e traços fragmentados, nítidos e nervosos, que seguem um certo ritmo, dão a cor e a construção da imagem. Esse ritmo, que é da própria existência de Van Gogh, traduz-se por uma grande rapidez de execução.

Sem dúvida, podemos considerar que havia menos ciprestes na Provence antes que Vincent os pintasse. Mas podemos também fazer uma pergunta: o que Van Gogh percebeu nos ciprestes que os outros pintores não perceberam?

Em parte, foi o jeito como se movem ao vento. Há razões arquitetônicas por trás desse movimento. Ao contrário dos galhos dos pinheiros que descem delicados a partir do alto da árvore, os ramos dos ciprestes lançam-se para o alto a partir do chão. Os ciprestes curvam-se ao vento com sua forma semelhante à de um cone, a árvore assume a aparência de uma chama bruxuleando ao vento. Tudo isso Van Gogh percebeu e quis fazer com que outros vissem. Em suas palavras:

> Os Ciprestes ocupam-me constantemente, gostaria de fazer deles alguma coisa semelhante às minhas pinturas dos Girassóis, pois, admira-me que ainda não tenham sido pintados como eu os vejo. Nas linhas e nas proporções são tão bonitos como um Obelisco egípcio. E o verde é um tom fino muito especial. É a mancha negra numa paisagem batida pelo sol, mas é um dos mais interessantes tons negros e, todavia, não posso pensar em nenhum outro que seja mais difícil de obter. (...) Tem de se ver os Ciprestes aqui contra o azul, ou melhor, dentro do azul (...) (VAN GOGH *apud* WALTHER, 1973, p. 69).

Embora tenha durado pouco tempo – um ano e meio –, a permanência de Van Gogh em Arles é o período mais fecundo de sua atividade pictórica, no qual sua obra atinge momentos mais grandiosos. É quando realiza plenamente o seu talento, afirma-se e mostra-se em toda sua dimensão: são cerca de duzentas pinturas, uma centena de desenhos e umas duzentas cartas. Essa é a produção do contato com o sul da França.

Diante desse acúmulo de obras-primas, podemos nos perguntar por que seus contemporâneos, entre os quais grandes pintores que não ignoravam a existência de Van Gogh, permaneceram cegos ao aparecimento de um tal meteoro, um dos mais fulgurantes na história da pintura. Talvez a distância, as desastrosas condições materiais em que se debatia o artista, a crise moral e psíquica que o envolvia e que o levou a separar-se dos amigos e da vida normal sejam explicações possíveis.

A pintura de Van Gogh alcança, nesse período, uma intensidade raramente igualada antes ou depois dele. Ele transforma o mínimo elemento, o mais banal, o tema cotidiano, cada migalha do real, através de uma compreensão das coisas e de sua fidelidade à sua essência, numa descrição tão verdadeira, que, muitas vezes, alcança o sublime.

Quando, na escura sala de bilhar, brilham lâmpadas semelhantes a sóis, os elementos mais comuns assumem uma existência sobrenatural, assim como, lá fora, à noite, as pequenas casas dos bairros populares, as pracinhas com as mesas de zinco dos bares iluminam-se sob as estrelas.

A cor, para Van Gogh, é sempre uma joia que sobressai normalmente sem preciosismos, sem sobrecargas; seu significado exprime-se sozinho. O amarelo é a cor fundamental da obra arlesiana de Van Gogh. É um amarelo solar que, nos interiores, nos segundos planos dos retratos ou na série das telas dos girassóis, alcança uma intensidade alaranjada ou múltiplas nuances até tender para o verde.

De acordo com Van Gogh, o pintor do futuro é um colorista como nunca houve até agora. Ele pensa que cada cor convém, de um modo particular, a uma determinada expressão. Nesse sentido, pode-se dizer que ele a usa como uma linguagem de maneira totalmente empírica, sem pensar no sistema como outros pintores farão mais tarde.

Quando Vincent diz que o vermelho e o verde são capazes de expressar as "terríveis paixões humanas", isso significa que busca representar não a aparência e, sim, a profunda essência das coisas. A cor, por sua própria definição, sempre exprime alguma coisa em si. O pintor que descobrir essa significação poderá falar diretamente a outras pessoas. E é justamente aquilo que acontecia a Van Gogh – provavelmente o artista que teve maior fama depois de sua morte.

Van Gogh procura alcançar as mais longínquas profundezas e aproximá-las – figurações um pouco estáticas, visões de infinitos – dos primeiros planos, sobre o qual seu olhar se detém como se quisesse descobrir melhor horizonte. Por isso, é um dos pintores que criou o mais perfeito inventário da natureza; um dos mais pacientes decifradores dos detalhes que se perdem no conjunto e, ao mesmo tempo, um dos que alcançou a melhor síntese desses elementos, conseguindo aproximá-los de nós para fazer entendê-los. Utiliza sempre uma perspectiva de cima para baixo que permite desenvolver toda a extensão de uma paisagem descoberta.

A noite é mais colorida que o dia

Naquele verão de 1888, Vincent trabalhará uma questão com a qual os pintores estão às voltas há muito tempo. Todos estão interessados em descobrir como a escuridão pode ser representada por meio da cor.

Trata-se de um problema interessante que pode ser expresso assim: como se pode trabalhar a cor, que vive da luz, de uma maneira que represente exatamente o contrário, a escuridão?

É possível que uma parte da questão tenha surgido quando Vincent foi dar um passeio à beira-mar, à noite. Ele passou toda a noite ao longo do mar, na praia deserta. Em suas palavras:

> Não estava sereno, não estava triste, estava simplesmente lindo (...). O céu de um azul profundo estava salpicado de manchas de um azul mais profundo, que o azul fundamental de Cobalto intenso e outros de um azul mais claro como o azul da Via Láctea sobre o fundo azul das estrelas cintilavam claras, verdejantes, amarelas brancas, rosa mais claro, ainda mais diamantino que entre nós – mesmo em Paris – como pedras preciosas: opalas, esmeraldas, lápis-lazúli, rubis e safiras (VAN GOGH apud WALTHER, 1973, p. 39).

Em outra carta a Théo, Vincent disse que buscava captar uma atmosfera de escura luz diante de um horizonte escuro.

Podemos ver tudo isso em uma de suas telas mais excepcionais. Inicialmente, Van Gogh se preparou para pintar Café noturno (1888), em Arles, passando a dormir de dia de maneira a se habituar ao trabalho à luz artificial. À noite, ele se recolhia ao ambiente da taberna para poder pintar. Eram bêbados solitários de bruços sobre a mesa, um jogador de bilhar, um par amoroso, furtivo num canto: personagens da desesperança. Van Gogh escreve ao irmão Théo:

> No meu quadro o Café Noturno em Arles, tentei expressar que o Café é um lugar onde alguém se pode arruinar, enlouquecer ou cometer um crime (...). Pelo contraste das tonalidades de um rosa delicado e vermelho sangue e vermelho escuro, de um verde quase Luís XV e um verde veronês contra um amarelo esverdeado e azul esverdeado forte tudo isso numa atmosfera do rubro de fogo infernal e um amarelo baço de enxofre – quis exprimir o poder tenebroso de uma Taberna (VAN GOGH apud WALTHER, 1973, p. 39).

Em outra carta, Van Gogh diz que é a cor que deve criar as coisas e, com sua simplificação, dar-lhes um estilo e sugerir o repouso ou o sono em geral. Em resumo, a visão do quadro deve dar descanso à mente, ou antes, à imaginação.

Ao escrever o texto sobre a obra de Van Gogh, descobri que se trata de um pintor da noite e que, através de suas pinturas, ele criou e nos mostrou as cores da noite.

Antes de Van Gogh, os pintores provençais pintavam o céu noturno como grupos de pontinhos brancos sobre um fundo escuro. No entanto, quando nos sentamos sob o céu provençal em uma noite clara, sem a luminosidade das casas e das ruas, percebemos que, de fato, o céu contém uma profusão de cores: seu fundo apresenta um azul intenso, um violeta ou verde muito escuro, ao passo que as estrelas apresentam tons de amarelo, laranja ou verde-claro, difundindo anéis de luz muito além de sua própria circunferência.

Depois de pintar a noite várias vezes, Van Gogh chega a uma conclusão muito interessante, que ele comunica por carta à sua irmã:

> (...) a noite é ainda mais colorida do que o dia (...) quem prestar atenção verá que certas estrelas são de um amarelo da cidra, outras têm um fulgor rosa ou um brilho verde, azul e da cor do miosótis. E, sem me estender sobre o tema, deveria estar claro que colocar pontinhos brancos numa superfície azul quase negra não é suficiente (VAN GOGH, apud BOTTON, 2003, p. 213).

No quadro *A Esplanada do Café na Place du Forum, Arles, à Noite* (1888), Van Gogh ousa um passo ao ar livre. Sob o céu estrelado, a esplanada do café parece muito iluminada; o amarelo avermelhado está em contraste complementar ao azul escuro da noite. Pontos destacados por uma luz clara, as estrelas no céu bem como o contraste complementar, o que exatamente com o escuro da luz é difícil de obter, deixam a composição de um cenário noturno parecer uma coisa natural.

Pintar ao ar livre foi um progresso do século XIX; pintar à luz artificial, já no Barroco, era um popular passatempo artístico. Pintar à noite, ao ar livre, à luz artificial, é invenção específica de Van Gogh. Com isso, sua pintura fica em flagrante contraste com a pintura luminosa do Impressionismo. Van Gogh acentua a precisão do olhar sobre os objetos ao crepúsculo; a pintura ao ar livre aprecia exatamente sua absorção numa atmosfera brumosa. Os objetos pouco visíveis estimulam, então, precisão e fantasia artística.

Nos quadros pintados em Saint-Rémy, Van Gogh é muito receptivo ao movimento. Distinguem-se duas formas básicas lineares que são levadas às últimas consequências: por um lado, as curvas continuam, serpenteadas e ambulantes, por outro, uma textura complicada de linhas tracejadas ziguezagueantes.

O quadro Noite Estrelada (1889) é uma das obras-primas de Van Gogh e, ao mesmo tempo, uma das obras mais estranhas que pintou. É uma de suas poucas telas em que se afasta da observação direta da natureza e cria formas e cores de sua fantasia para provocar uma ambiência especial.

> Duas enormes Galáxias enrolam-se uma na outra, onze estrelas gigantes com suas auréolas de luz atravessam a noite, uma lua laranja que parece com sol, uma larga faixa de luz – talvez a Via Láctea atravessa-se pelo horizonte. O céu de azul-escuro parece agitar-se no tumulto de vertigem. A espontaneidade e a força de expressão são intensificadas pela torrente impulsiva, arrebatadora das pinceladas. Porém Van Gogh não se entrega passivo a esta visão emocionante. Distancia-se com meios artísticos, escolhendo, para o evento, elementos de contraste figurativo na terra. A cidade adormecida em primeiro plano é representada em oposição de curvas da zona superior, em traços curtos, retilíneos. Mesmo em luzes amareladas, pequenas das casas são todas quadradas ou retangulares, em contraste com as estrelas.
>
> A aguçada torre da igreja, elevando-se a pique, corta o horizonte, assim como os ciprestes, poderosos, flamejantes – uma contrapartida terrena, vertical, para as galáxias em círculos no firmamento: o contraste principal do quadro (WALTHER, 1973, p. 75).

O quadro e sua interpretação crítica marcam, de forma categórica, o estilo de Van Gogh em suas pinturas. E mostra-nos como seu trabalho se diferencia daquele dos outros pintores que estiveram na Provence.

As pinturas de Van Gogh apresentam-nos sua escolha pela aventura pictórica e como ele enfrenta o desconhecido das cores, nunca recuando diante de qualquer uma das adversidades, tão frequentes em toda sua vida. Não recua diante de seu desejo e busca a abertura dos olhos de cada um dos espectadores de suas exposições por todo o mundo.

Suas pinturas são de uma fluidez que impregna de maneira tão natural o olhar do espectador e o conquista rapidamente. Essa experiência é tão intensa e tão forte que transforma cada um dos espectadores.

Van Gogh foi um artista singular que não se deixou comparar com nenhum outro pintor. Com sua arte, que alcançou com a maior dificuldade e que pagou com a vida, ousou uma síntese como praticamente nenhum outro artista da modernidade fez. Arte e vida tornaram-se, para ele, uma realidade inseparável. Foi assim que o pintor holandês deixou que se tornasse realidade um velhíssimo sonho de artista: criar arte significava não menos que pintar a vida, não a mera realidade, mas, sim, o princípio da força vital.

Vincent desenvolveu os três princípios básicos de toda pintura – cor, linha e composição – não só como elementos de estilo artístico, mas também os compreendeu e utilizou como novos meios de expressão: a cor como o espírito, que só então empresta vida a todas as coisas; a linha como princípio de ação, como dinâmica de vida, como energia indestrutível; a composição como lugar para os sentimentos, para a sua mundividência. Van Gogh criou, com sua arte, um mundo próprio e novo, colorido e com movimento, que contém tudo o que ele sabia da existência.

Uma vela se apaga

É o seu último dia de vida...

Van Gogh espera seu irmão Théo. Quando chega, Théo encontra Vincent sentado tranquilamente na cama, fumando cachimbo.

Os dois irmãos passam o dia conversando em holandês. À noite, Théo deita-se ao lado do irmão, que suspira e murmura: "Queria ir-me embora... Queria morrer agora..." (VAN GOGH *apud* LASSAIGNE, 1963, p. 69).

À uma e meia da manhã, Vincent morre.

É uma vela que se apaga... Uma chama sinuosa, fugidia que se vai... Mas ela voltará um tempo depois e poderá ser vista em cada cipreste em movimento quando tocado pelo mistral – o vento que desce dos Alpes até o Vale do Ródano, fazendo com que as folhas verdejantes dessas árvores tomem a sua forma bruxuleante... Esses ciprestes que parecem se atirar em jatos sinuosos soltando as manchas atiçadas dos ramos em direção aos sóis volteantes, que, por sua vez, parecem criar outro céu com suas ondas de fogo.

Mais ao longe, os girassóis procuram virar o seu disco açafrão radiante, de pétalas esplêndidas, buscando eles também o sol quente e brilhante tal como Vincent.

À noite, quando olharmos para o céu, veremos novamente o movimento das estrelas, da lua alaranjada, as galáxias se misturando: enfim, a Noite Estrelada.

Podemos mais uma vez ver aquele nórdico endemoniado aventurar-se pelo desconhecido.

Ele segue o seu caminho... E suas pinturas permanecem...

VESTÍGIOS DA MÃO DO OLEIRO

Ana Maria Portugal

Sobre a diferença na arte de escrever

Sempre isto, ou sempre outra coisa
ou nem uma coisa nem outra.

Álvaro Campos

Prefiro as palavras obscuras que moram nos
fundos de uma cozinha – tipo borra, latas, cisco.
[...] Também os meus alter-egos são todos borra,
Ciscos, pobres-diabos...

Manoel de Barros

O que me interessa é o mosaico
em que o homem está encaixado, o jogo de relações,
a figura a ser descoberta entre os arabescos do tapete.

Italo Calvino

Um rastro, um vestígio, uma pegada humana!

A marca, é isso que o náufrago Robinson Crusoé encontra na areia da praia de sua ilha, que supunha deserta. O vestígio humano perpassa o romance, descrevendo o herói solitário e em crise, que, no entanto, esforça-se por manter, em meio à natureza rude, seus costumes, sua dignidade, sua humanidade. O encontro desse rastro traz uma presença que o invade, provocando sentimentos ambíguos: o receio de algum perseguidor, ao lado da esperança de encontro com outro semelhante. Ansioso, busca sinais por todos os recantos, arma-se em defesa; por outro lado, proliferam fantasias e sonhos, até que afinal a surpresa o leva a acolher um fugitivo dos canibais, ao qual logo dará o nome de Sexta-feira, nome marcado pela data do encontro.

Interessa-nos essa passagem de escrita no romance de aventuras de Daniel Defoe (1600), escritor inglês, que por essa obra se tornou famoso, obra baseada em narrativas de viagens e conquistas, e que, em meio a toda a turbulência que recheia esse tipo de narrativa, ressalta o pequeno detalhe de uma pegada, um vestígio deixado como marca de uma passagem. Afinal, é uma escrita dentro dessa escrita, o que aponta uma diferença em relação a tantas outras obras de aventuras e viagens.

Esse detalhe da marca da escrita dentro do discorrer de uma narrativa é algo que nos interessa como uma diferença que foi surgindo dentro da história da arte de escrever, e é acentuada em muitos textos ficcionais – e também ensaísticos – do século XX, a partir de certos escritores, que inspiraram um modelo de estilo para os que os sucederam.

A arte de narrar ou de contar histórias, de onde veio a produção da escrita, é comentada por Walter Benjamin em *O narrador* (1936). A fonte dessa arte está na experiência que passa de boca em boca, em que se destacam, desde o passado, dois tipos de narradores. Diz o povo: "Quem viaja tem muito o que contar", e com isso imagina o narrador como alguém que vem de longe. Mas é também prazeroso escutar o homem que viveu trabalhando sem sair do país e conhece suas histórias e tradições. Este seria o camponês sedentário, o outro, o marinheiro comerciante. São dois tipos arcaicos, com suas narrativas que se interpenetram, a partir especialmente do sistema corporativo medieval. O mestre sedentário e os aprendizes migrantes trabalhavam juntos na oficina; cada mestre tinha sido um aprendiz ambulante antes de se fixar em sua pátria ou no estrangeiro. Se os camponeses e os marujos foram os primeiros mestres da arte de narrar, foram os artífices que a aperfeiçoaram. No sistema corporativo medieval associava-se o saber das terras distantes, trazido para casa pelos imigrantes, com o saber do passado, recolhido pelo trabalhador sedentário.

A narrativa, que durante muito tempo floresceu num meio de artesão – no campo, no mar e na cidade –, é ela mesma uma forma artesanal de comunicação. Não se trata de transmitir o "puro em si" da informação. A narrativa mergulha a coisa na vida do narrador para, em seguida, retirá-la dele. "Assim, nela se imprime a marca (*Spur*) do narrador, como a mão do oleiro na argila do vaso. [...] Seus vestígios (*Spur*) estão presentes de muitas maneiras nas coisas narradas, seja na qualidade de quem as viveu, seja na de quem as relata" (BENJAMIN, 1936).

A história da arte de escrever segue o movimento diferenciado do mundo e nos aponta que os romances de padrões psicológicos foram abandonados nos finais do século XIX, e especialmente no século XX, com as revoluções modernistas e o desmascaramento do eu por autores como Marx, Nietzsche e Freud. Com o impressionismo, a visão do mundo começa a desagregar-se, o que leva o individualismo e o psicologismo às suas últimas consequências e à sua superação; o eu e o mundo se desfazem numa sucessão de impressões, perdendo seus contornos precisos. A isso seguiram-se duas experiências: o sentimento do indivíduo de fragmentar-se, aniquilado pelas forças gigantescas de uma sociedade, forças incoerentes e irracionais, e o sentimento de seu isolamento num mundo do qual ele se sabe completamente dissociado. Ambas as experiências se unem no conceito de "alienação". Os atos e energias do homem tornaram-se alheias a ele mesmo. Assim, o homem já não se experimenta como sujeito de suas próprias forças, mas como coisa esvaziada, como escravo de coisas, às quais cedeu sua substância viva. E então o romance moderno veio a ser a manifestação do anseio de reintegrar o indivíduo (ROSENFELD, 1994).

São motivos que confluem na obra de Kafka, verdadeiro "mito" da frustração do indivíduo alienado, ansioso por reencontrar a congruência entre homem e mundo. Nessa obra não há psicologia, e, sim, situações-limite. Por que inventar pessoas, nomes, relações, quando estas perdem a sua importância? Kafka reduz seu personagem a K, anônimo, personagem sem desenvolvimento e interpretação psicológicos. A letra K sugere o fragmentário do herói, que representa apenas um projeto. Estranho excluído do mundo e do entendimento dos acontecimentos (ROSENFELD, 1994).

A dúvida na unidade da pessoa e na ordem íntima do ser forçosamente leva à eliminação do enredo coerente, e se conclui, em Kafka, numa desfabulação (ROSENFELD, 1994). A fábula não impera mais sobre o que se escreve. Desfeita a personagem central, desfaz-se também a história romanesca. Isso marca a crise do romance como gênero, decorrendo também na dissolução do próprio conceito de gênero literário, dissolução que é alvo de vários ensaístas literários atuais.

Surgem as poéticas do inclassificável, em que a mesclagem de textos se torna um valor de nossa época e princípio importante da escrita, incidindo na produção literária contemporânea. Ao que se agrega o trabalho de autores franceses, como Blanchot e Barthes, que propõem outras designações para seus construtos textuais inclassificáveis. Blanchot propõe *récit* e *livre,* e Barthes privilegia os conceitos de *texte* e *écriture* (MACIEL, 2009).

Para acompanhar as diferenças que se verificaram no desenrolar da arte da escrita até os nossos dias, privilegiamos alguns desses conceitos propostos, bem como outros, entre os quais a ironia, uma certa desmontagem da escrita clássica e certos artifícios da imaginação, que incidem sobre variações de tempo, de espaço e das relações do sujeito consigo mesmo. Esses artifícios fazem parte das obras de Jorge Luis Borges, que abordaremos mais adiante.

Voltando aos autores franceses, interessa-nos refletir sobre a narrativa, tradução mais próxima do que Blanchot, em *O livro por vir* (1984), designa como *récit.* Encontramos no capítulo inicial dessa obra, *O canto das sereias*, as ideias que norteiam seus textos inclassificáveis, permeando ensaio, ficção, poesia, crítica e tudo mais. Partindo do trecho da Odisseia, o canto das sereias é pensado como uma navegação, como um "movimento que expressa o máximo desejo"; o canto arrasta Ulisses e muitos outros para o interior da Odisseia, "para essa navegação feliz, infeliz que é a da narrativa, o canto já não imediato, mas contado, por isso agora aparentemente inofensivo, ode que se tornou episódio".

Blanchot (1984) considera que "A narrativa começa onde o romance não avança, e, todavia, conduz pelas suas recusas e pela sua rica negligência. [...] A narrativa não é o relato do acontecimento, mas precisamente esse acontecimento, a aproximação desse acontecimento, o lugar onde esse é chamado a produzir-se, o acontecimento ainda por vir, e graças a cujo poder de atração a narrativa pode esperar, também ela, realizar-se. [...] Trata-se de uma relação muito delicada, por certo uma espécie de extravagância, mas é a lei secreta da narrativa. A narrativa é o movimento para um ponto, não apenas desconhecido, ignorado, estranho, mas tal que parece não ter, antecipadamente e fora desse movimento, qualquer espécie de realidade, e tão imperioso, no entanto, que só ele atrai a narrativa", e esse movimento imprevisível da narrativa fornece o espaço em que o ponto se torna real, poderoso e atraente.

Quanto ao conceito de escritura, é a Roland Barthes que necessariamente temos que recorrer, pois é uma operação concentrada no próprio trabalho de escrita e, ao invés de se centrar no que é narrado, faz advir o sujeito que escreve, as várias vozes, e seu contato íntimo com a linguagem, com a letra, tendo até mesmo uma vertente pulsional inconsciente. Mostram-se aí os vestígios da mão do oleiro na argila do vaso...

Em *O grau zero da escritura* (1953), Barthes argumenta e destaca, dentro da arte do escritor, uma outra "realidade formal", a escritura. Após uma breve exposição sobre a língua e o estilo e suas relações históricas, Barthes afirma: "Língua e estilo são forças cegas: a escritura é um ato de solidariedade histórica. Língua e estilo são objetos; a escritura é uma função: é a relação entre a criação e a sociedade, é a linguagem literária transformada por sua destinação social, é a forma apreendida na sua intenção humana e ligada assim às grandes crises da História.

[...] A escritura é uma realidade ambígua: de um lado nasce incontestavelmente de uma confrontação do escritor com a sociedade; de outro lado, por uma transferência mágica ela remete o escritor, dessa finalidade social, para as fontes instrumentais de sua criação. [...] Há, no fundo da escritura, uma 'circunstância' estranha à linguagem, há como que o olhar de uma intenção que já não é mais a da linguagem." Existe, portanto, em toda escritura presente, uma dupla postulação: há o movimento de uma ruptura e o de um advento.

A proposta da especificidade da escritura é radicalizada em seu livro *S/Z* (BARTHES, 1970), em que, na análise de *Sarrasine* de Balzac, a escritura aponta para o texto plural, não o que é apenas legível, como os romances clássicos, mas o que se pode chamar de romance moderno. O texto plural porta uma diferença para fazer do leitor não um consumidor, que seria in-diferente (sic), mas um produtor do texto; para dar ao leitor a possibilidade de ele mesmo jogar, de aceder plenamente ao encantamento do significante, à volúpia da escritura. Com isso o leitor é levado a interpretar, o que não quer dizer lhe dar um sentido; ao contrário, é apreciar de que plural o texto é feito. Essa afirmação necessária, no entanto, é difícil, pois, ao mesmo tempo que nada existe fora do texto, não há jamais um *todo* do texto: é preciso, ao mesmo tempo, destacar o texto de seu exterior e de sua totalidade.

Outro aspecto destacado por Barthes nesse ensaio refere-se às várias vozes do texto, entre as quais ele inclui a voz do leitor, "voz *deslocada* que o leitor empresta, por procuração, ao discurso. [...] a escritura não é a comunicação de uma mensagem, que partiria do autor e chegaria ao leitor, ela é especificamente a própria voz da leitura: *no texto só fala o leitor*". As várias vozes no texto são tecidas numa trança, "*trança, tecido, texto* são a mesma coisa; e assim fazem a escritura: quando está só, a voz não trabalha, não transforma nada: ela exprime; mas desde que a mão intervém para reunir os fios inertes, há trabalho, há transformação". Com esse entrançamento, acontece o fading das vozes e assim é "impossível atribuir à enunciação uma origem. Essa impossibilidade é uma das medidas que permitem apreciar o plural do texto. Quanto mais a origem da enunciação é não demarcável, mais o texto é plural. No texto moderno, as vozes são tratadas até a negação de qualquer demarcação" (BARTHES, 1970).

Esse detalhe sobre as vozes, que Barthes destaca na operação da escritura, essas várias vozes tecidas numa trança, que progridem até sua própria negação, sendo impossível demarcar sua origem, tudo isso são efeitos de um processo bem mais antigo, surgido no período do romantismo, e inaugurando ao mesmo tempo a modernidade. É o movimento da ironia, com efeito importantíssimo sobre as obras dos escritores, especialmente a partir do século XX.

Trata-se da ironia como um processo que faz a linguagem negar-se a si mesma. Arthur Nestrovski em *Ironias da modernidade* (1986) afirma: "toda linguagem é ironia. Uma palavra é sempre sinal de alguma coisa que não está ali". Ironia vem do grego eironeia e quer dizer dissimulação. Na comédia grega o eiron é o pobre coitado que triunfa sobre o valentão. Faz perguntas tolas para as quais não se tem resposta. Essa é também a estratégia de Sócrates nos diálogos de Platão, e é por isso mesmo que se fala numa ironia socrática.

No período moderno o escritor irônico é autenticamente dissimulado. O peso da linguagem parece cada vez maior, e todo poeta luta, sem esperança para conciliar sua experiência da linguagem, com a experiência empírica. Ao final, só alcança o conhecimento dessa mistificação. A linguagem irônica divide o sujeito em homem autêntico e um outro homem, cuja existência só se dá pela linguagem – uma linguagem, porém, que reconhece sua própria inautenticidade. Como figuração de presença e ausência, a ironia contaminou não somente o discurso religioso e filosófico, mas transparece especialmente na literatura (NETROVSKI, 1996).

Isso é patente na obra de Jorge Luis Borges, obra central de nosso tempo, em que o espaço literário, e não o conteúdo do que vai sendo escrito, é que vai se tornando o parâmetro para as análises literárias. "Entre o infinito e o elementar, entre a multiplicação e a redução absoluta, as imagens espaciais de Borges se apresentam como elegantes, sedutores e insolucionáveis labirintos. Seu gesto mais característico é o da consciência que quer se conter a si mesma, simultaneamente dentro e fora de si. A coincidência desses dois espaços, externo e interno, é uma ambição inalcançável, mas permanece como uma ilusão. [...] Há muitas versões diversas do paradoxo da autoinclusão em Borges. Um dos mais frequentes é o da mente como representante do universo, ou de cada livro como enciclopédia total. Labirintos e espelhos são outros emblemas da duplicidade, que é a marca, afinal, de toda literatura irônica, ou moderna. O pensamento sobre o pensamento é uma forma de vertigem, e tanto maior, quanto maior é a consciência de sua inadequação" (NETROVSKI, 1996).

A obra de Borges avança ainda mais. Sobre o jogo de influência entre autores, Borges propõe algo inverso, que toca nas relações com o tempo. Supõe a existência de precursores a escritores célebres, como Kafka, por exemplo. Em *Kafka e seus precursores (Obras Completas II)*, após nomear vários autores, que, pelo tema ou maneira como escrevem poderiam ser antecedentes kafkianos, Borges conclui: "No vocabulário crítico, a palavra precursor é indispensável, mas se deveria tentar purificá-la de toda conotação de polêmica ou de rivalidade. O fato é que cada escritor cria seus precursores. Seu trabalho modifica nossa concepção do passado, como há de modificar o futuro".

Borges contesta também o plágio. Em outro texto, *Pierre Menard, autor do Quixote (Obras Completas I)*, Borges imagina esse romancista (que é mais imaginário que real) no lugar de Cervantes, escrevendo o Dom Quixote, e cita um trecho exatamente igual ao de Cervantes. A obra de Pierre Menard, sendo de fácil e breve enumeração, teria seu auge na escrita desse romance de cavalaria, tendo Cervantes como seu precursor. Borges situa o trecho na primeira parte, capítulo nono, e curiosamente seu tema é a verdade: "A verdade, cuja mãe é a história, êmula do tempo, depósito das ações, testemunha do passado, exemplo e aviso do presente, advertência do futuro". Em Cervantes, século XVII, essa passagem é mero elogio retórico da história, ao passo que em Menard, século XX, "é uma ideia assombrosa, pois não define a história como indagação da realidade, mas como sua origem. A história para ele não é o que aconteceu, é o que julgamos que aconteceu".

O realismo fantástico de Borges é uma marca de nosso tempo. Os fatos são demarcados com referências, endereços, nomes de pessoas, mas ao mesmo tempo a atmosfera é imaginativa, o que nos leva a pensar e tentar construir o cenário dessa escrita e seus artifícios de produção, bem como nos dando a ilusão de que são pessoas reais, e não personagens. Somos convidados também a produzir e a interpretar essas cenas. Cabe aqui – por que não? – o conceito barthesiano de voz do leitor, como vimos acima.

Ainda sobre a arte de escrever atual, o escritor Ítalo Calvino (*Assunto encerrado*, 2006) fala de uma pesquisa diferente, uma desmontagem: extração de objetos, estranhamento do sentido. "A literatura vive hoje de sua própria negação. Escrevemos romances para um leitor que, finalmente, terá compreendido que já não deve ler romances. A antiliteratura é uma paixão excessiva e exclusivamente literária, para estar à altura das necessidades culturais atuais. [...] Há nisso um aspecto artesanal: o leitor é chamado a acompanhar o procedimento da escritura, o texto no ato de ser escrito, e de outro lado, nunca como hoje a narrativa, essa função humana sempre atuante em todas as fases da civilização, foi tão analisada, desmontada, remontada em seus mecanismos elementares, quer como narrativa oral, ou narrativa escrita, quer como imagens. Diríamos que o narrar atingiu concomitantemente o ápice do eclipse da criatividade e o cúmulo do interesse crítico-analítico. [...] É um espaço de significados e formas que valem não só para a literatura. Acreditamos que as poéticas literárias podem remeter a uma poética do fazer, aliás, do fazer-se. [...] O que importa é o contexto em que a literatura toma sentido. É aí que queremos atuar".

Nesse nosso percurso sobre as diferentes modulações, pelas quais passou a arte de escrever até os dias de hoje, o que se destaca é a passagem da narrativa de um fato, um acontecimento, ou um estado de espírito para uma reflexão voltada para o interior do ato da escrita. Ou para seus artifícios imaginativos, sua negação e desmontagem, que refletem certo destroçamento da subjetividade de nossos dias.

Podemos destacar que Kafka é exemplar nessa virada. A desfabulação presente em seus textos descreve a dissolução do indivíduo e sua fusão com o mundo. Seus personagens são fragmentos, objetos, animais. "Os heróis de Kafka são filhos pródigos, expulsos do Paraíso e incapazes de encontrar o caminho de volta" (ROSENFELD, 1994).

Benjamin comenta o estilo de Kafka, que, ao retomar fragmentos clássicos, introduz neles pequenos truques e contrapontos. É assim em *O silêncio das sereias*. As sereias silenciam, elas utilizaram contra Odisseu "uma arma mais terrível que o seu canto... o seu silêncio". Mas ele "era tão astuto, uma raposa tão fina, que nem sequer a deusa do destino conseguiu devassar seu interior. [...] talvez ele tenha de fato percebido que as sereias estavam silenciosas, usando contra elas e contra os deuses o estratagema que nos foi transmitido pela tradição apenas como uma espécie de escudo". Em Kafka as sereias silenciam. Talvez porque a música e o canto são para ele uma expressão ou pelo menos um símbolo de fuga. Posição a que sua escrita não responde. E nem cede.

Fiel à escritura, Kafka, em *A colônia penal*, descreve a máquina impressora que gravaria, perfurando, no corpo do réu o pagamento da pena através de sua escrita. Sujeito marcado, respondendo pelos próprios atos na força da escritura.

Para Calvino, "A condição preliminar de qualquer obra literária é esta: a pessoa que escreve tem de inventar aquele primeiro personagem que é o autor da obra. [...] É sempre uma projeção de si mesmo que o autor põe em jogo na escritura, que pode ser verdadeiro ou fictício, uma máscara. Pressupõe uma postura, uma voz, uma relação com o mundo, uma escolha de meios linguísticos, enfim um estilo".

Temos aí suas diferenças: vozes, frases, personagens, sujeitos.

Na escrita – ou escritura – se imprimem os vestígios do narrador, como as mãos do oleiro na argila do vaso. É o que nos lembra Benjamin.

Assim como o oleiro, que tem a delicadeza e o cuidado de não forçar demais a argila e, com isso, destruir o que seria o contorno do vazio, o escritor, em sua escritura, apela aos artifícios da letra, marca de seus tropeços na construção da subjetividade.

A DIFERENÇA E SUAS PRE-POSIÇÕES: UM ENCORDOAMENTO

Ana Lúcia Bahia

A palavra "diferença" vem do latim *differens*: "que não é igual, diferente, de *differe*, colocar de lado, de *dis*, fora, afastado de, mais fere, levar portar, carregar". Essa palavra, além da qualidade de não ser igual, carrega consigo algo mais, pois, para que uma diferença possa existir, é imprescindível que algo seja "afastado, colocado de lado". Na psicanálise, ela comporta em si toda uma forma de estruturação, uma vez que é a partir do momento que algo perturba e provoca um movimento que ela se revela. Aí, pode-se pensar o humano, já que nessa ruptura algo se inscreve e faz marca; sendo sobre esta, fundante e constituinte, que se edificará todo um entrelaçamento do sujeito.

Assim, é em torno da Diferença que vários conceitos na teoria psicanalítica se articulam, cabendo nela pensar a origem, a estrutura e a saída.

Origem porque é dela, Da Diferença, que uma ação psíquica rompe um contínuo e faz uma primeira inscrição, em que é possível pensar a estruturação do inconsciente, estruturado como uma linguagem que se constitui nessa experimentação de inscrições e perdas que o desenvolvimento do sujeito comporta.

Pensar a Diferença em uma estrutura remete-nos ao Fort-da. Uma primeira tentativa de tecer aquilo que a origem desnuda. E, nesse movimento de elaboração da separação e de entrelaçamento, surgem as consequências da introdução do sujeito na linguagem; seus sintomas, fantasias, gozo, angústia e tudo que é pertinente ao resultado dessa não apreensão do ser. Assim, é Sobre a Diferença que esta estrutura é construída.

Mas aquilo que é da origem insiste em se fazer representar sem jamais sê-lo. A estrutura não é capaz de conter e dizer disso que vaza, escorre e, por vezes, inunda. Então, é Para a Diferença que uma saída se interpõe. A análise é uma delas. Nela, as amarras somáticas se arrefecem, e a Diferença pode aparecer sem levantar tantas defesas. É Para a Diferença que o caminho fica mais leve. Dessa forma, os afetos articulados a algumas palavras que não podem vir à tona nunca deixam de se expressar. Às vezes, estas, amarradas ao corpo do sujeito, dizem daquilo que mais se tinha horror e que insiste em se fazer ouvir.

Outras saídas também revelam, mesmo que momentaneamente, algo desse inaudito. É o caso dos chistes, em que algo frui causando prazer tanto naquele que ouve quanto naquele que o constrói. Na literatura de cordel também se faz notar esse movimento de suspensão do recalque, causando nos participantes a mesma fruição prazerosa. Assim, o fio da palavra inscrita na origem nunca deixou de escutar a voz que lhe era articulada. E, indo atrás desse som, fez todo um percurso numa tentativa de reintegrar aquilo que outrora lhe fora pertinente.

Ele se revela na poesia, na música, no cordel, dando espaço a esse inaudito que reverbera. Assim, trago aqui, na forma de literatura de cordel, a Diferença na cadência dos sons das rimas, entrelaçadas às palavras, para marcar, mesmo que de maneira fugaz, uma experiência que subjaz na origem. Que bons ventos o levem!

Pra falar da Diferença
E falar de um jeito novo,
Introduzo aqui o cordel,
Modo alegre de falar do povo.

O cordel na etimologia
É corda delgada, fininha.
E, na fala popular,
É palavra rimada, linha a linha.

Assim, trançando o assunto
Que a Diferença nos traz,
Vamos também defini-la
Como o dicionário faz.

Ela vem do latim differens
Aquilo que não é igual.
Expressa o que é diferente,
No termo coloquial.

Também provém do dis-differe
Dis-colocar de lado, afastar.
A trama aqui, então,
Começa a se complicar.

Com a Diferença afastada
Podemos ver num instante
Aquilo que não é igual incomoda!
Deve ficar bem distante!

Porém o cordel nos permite
Ter um encontro com ela.
Mesmo que seja bem breve,
Um sopro na fresta da janela.

Levanta-se qualquer resistência
Se a rima é bem-feita.
Pode ser até assunto sério,
Que se fica satisfeita.

Então, pra introduzir o assunto
E não causar complicações,
Vamos falar da Diferença
E das suas preposições.

Da diferença; sobre a diferença e para a diferença

Na psicanálise, a diferença
É assunto de início.
Tratá-lo-ei aqui em versos
Aerando o precipício.

Não somente a psicanálise
Percebe a diferença desse jeito,
Poetas, escritores e artistas
A incluem naquilo a que ela diz respeito.

Diz respeito à criação,
Pois ela abre o caminho.
Diz respeito a uma saída,
Pois nesta é preciso ir sozinho.

Diz respeito, também,
Àquilo que se faz com isso,
Pois é sobre ela que ajeitamos
Uma formação de compromisso.

Para ficar mais palatável
Falar da diferença então
Mudemos antes dela
A sua preposição.

Da, Sobre, Para a Diferença
São três tempos, pode crer,
Pois ao mudar as preposições
Há 3 mundos pra se ver.

Vamos então começar
Com aquela que nos funda,
Pois "Da diferença" é a ação
Que barra o que nos inunda.

Da diferença viemos,
Ela é fundamental.
Algo que rompe o contínuo,
Faz do descontínuo normal.

E daí tudo começa,
É preciso sobreviver...
Algo então nos ampara,
Nos contorna, nos faz crescer.

É chamado o Estádio do Espelho,
Lacan assim nos apresenta.
O neném logo está lá,
Com aquela que o amamenta.

Sem deixar de acrescentar
Que é uma metáfora a situação.
Pode amparar qualquer um,
Desde que seja com precisão.

Vai assim formando um ser,
Um sujeito afinal,
Desde que haja um olhar
Dentro do cone, normal.

De um olhar bem adequado,
Onde o desejo é presentificado,
Nasce o sujeito falado,
Dividido e assujeitado.

Mas há alguns também
Em que o desejo/divisão não se mostra.
A diferença não vem
E uma fratura fica exposta.

E assim vai caminhando
O sujeito em questão.
Do espelho vai surgindo
Sua própria divisão.

É aí que ele começa
A relação objetal,
Ao perceber um desejo que impeça
A sua relação dual.

Volta o olhar para fora,
Eis um corpo diferenciado.
E o objeto que o rodeia
Será amado ou odiado.

Vem chegando assim também
Um princípio importante,
Dando-lhe a plena realidade
Do que está ali adiante.

"Da Diferença" veio o sujeito.
Como será dali pra frente?
Pois como era, não tornará;
Fazer "Sobre a Diferença" torna-se, então, iminente.

A resposta que o sujeito
Toma nessa situação
É um arranjo muito bem feito;
Comporta o sim e o não.

Chama-se isso de sintoma,
Que atende a dois patrões:
Uma parte atende ao desejo,
A outra às interdições.

Sobre essa corda bamba
Vem o sujeito pela vida.
Se equilibra enquanto pode
Até que lhe abrem as feridas.

Sem ter o que fazer,
Com seu sintoma falhando,
Chega então a uma análise
Meio roto, manquitolando.

"Sobre a Diferença" faz emperrar o discurso,
Falta ao sujeito o significante.
Aí entra o analista
E a transferência o coloca adiante.

Pois aquilo em que tropeça
e o "Sobre" não sabem falar;
Isso, na transferência, se presentifica;
Ao mesmo tempo que emperra, faz caminhar.

Experimenta, assim, na pele,
Os buracos do caminho.
As palavras se esvaziam
e outros sentidos se tramam, como no linho.

Um tecer diante de algo
Que só um rastro contém.
E é nesse caminhar descalço
Que o "Para a Diferença" advém.

Ao descalçar o sujeito,
Deixar seus pés tocarem o caminho,
Marcas vão sendo deixadas,
Revelando o limite, o intervalo, o espinho.

"Da diferença" se vem,
"Sobre a diferença" se equilibra,
Mas quando a corda arrebenta
É «Para a Diferença» que a saída vibra.

Vibra porque ela empurra;
Não há nem sim nem não.
Ela repete o que outrora
Coloca o sujeito em questão.

"Uma ação psíquica", nos diz Freud,
Para entrar no narcisismo.
Outra ação psíquica, diz a psicanálise,
Para romper o continuismo.

Assim, aquilo que era
Para o sujeito uma resposta
Hoje não diz tudo a ele;
Há algo mais, faz-se uma aposta.

E sintoma que lhe era
um aprisionador, um silo,
Faz um up-grade de lugar,
Torna-se então um estilo.

Da; Sobre; Para...
E viva as preposições!
Que permitem aos significantes-mestres
Mudarem suas opiniões...

"tem vinte e três patas
ou quase

por onde ele passa
nascem palavras
e frases

com frases
se fazem asas
palavras
o vento leve

o bicho alfabeto
passa
fica o que não se escreve"

Paulo Leminski
Toda Poesia
Boi Terra
Editora Cia. das Letras
São Paulo 2013, p. 283

O REINO ANIMAL DA POESIA

Paula Vaz

A alteridade radical dos animais não se deixa capturar.
Maria Esther Maciel

Era uma vez... é ainda. Certo país... é ainda...
onde os animais eram tratados como bestas... São ainda. São ainda.
(...) Quando o homem exagera, bicho vira fera, e olha vejam só.
Os saltimbancos

O mundo anda demasiadamente humano, e agora o animal quer falar,
mas o que se volta para mim da face do lobo?
Como chamá-lo, se para isso preciso sair da sala?
Anjos me acudam! Águas vivas!
Como escrever o animal que não pode ser retido pelo poema!
Sim, Marcelo Ariel, meu amigo, como eu queria ser mais vidente e
menos intérprete!
Fiel ao mistério e à sede, à criança que sou, ao gosto, e à fome.
Habitar esse vazio perfeito, preenchida pelo mundo, imersa à natureza,
inegendrada.
Mudar as coisas sem gerá-las. Saber sem saber o que delas é só delas.
Eu entendo, mano, que um filho não gera uma mãe, uma mãe não gera
um filho
e cada um, no fim das contas, é quem gera a si mesmo!
Que hora a gente está para fora, hora para dentro, leve ou pesado.
Eu bem que queria ser sempre poema e me livrar do psicológico.
Eu sei que na arte é isso o que se busca. E eu busco!
Só eu sei como eu queria ver o falcão, como se eu tivesse sete anos,
como o Ernesto, personagem de Duras, via as coisas.

Eu sei que tem horas que a onça desconfia de mim, não sabe se corre ou se funde de vez, e que no caos precisamos do acaso.
Na animalidade, divindade.
Que tem horas que nós, poetas, queremos tanto ler o mundo que corremos o risco de parecer que temos a verdade.
Você me diz, amigo, que somos poetas no sentido mais forte quando não houver tanta distância entre nós e o animal.
E que a melancolia é nossa vida animal aniquilada a ponto de se vingar.
E que isso acontece de tanto pensarmos sempre os próprios pensamentos,
de tanto escrevermos sobre as coisas e não com elas versar.
Sabemos que essa escrita monolítica só consegue escrever sobre o que já se sabe,
sendo mera repetição, sem deixar que a experiência seja abordada a partir do vazio,
e que Rilke achava isso abominável, esse pensamento que não consegue escutar o mundo, porque não silencia, e consequentemente não produz diferença.
Você me diz que a ideia que temos das coisas é exatamente o que nos impede de ouvi-las.
E que para evocar o animal eu precisaria abrir mão de tudo o que sei sobre ele,
porque o poeta deve ser destruído se quer mesmo falar com o inumano.
Eu entendo bem isso na teoria, e Ponge já tinha me alertado, mas sair do homem é sempre tão difícil! E não é sempre que se consegue.
Nessa conversa com o anjo, como Rilke foi certeiro de afirmar que Todo anjo é terrivel, quando o mundo só sabe dizer o quanto ele é belo e bom.
Só conversando com o inumano chegaremos de novo ao animal, se é que um dia tivemos acesso a ele.

A violência talvez não seja tanto o nosso lado animal, mas a pretensão do homem e da "cultura" de extingui-lo. Falar do que escapa como se soubéssemos decifrá-lo.

Como posso saber sobre as coisas se elas nunca usaram a palavra para se dizerem?

Talvez falte mesmo ao homem, demasiadamente humano, respeitar o inexprimível.

Não foi você quem me contou sobre Tobias e me alertou que, para os egípcios, todos os anjos têm um elemento ao mesmo tempo animal e humano ?

Como desaprendemos ao longo do tempo a fazer isto, Ariel, evocar os objetos como se eles ainda não tivessem um nome, como se estivéssemos a olhá-los pela primeira vez, sem julgá-los.

Como amar o mundo com um monte de pensamento constituído sobre todas as coisas?

Se a coisa é o animal, o silêncio é quase uma vertigem.

Não é o mundo quem escreve o poema? E não o poeta? Não é da contemplação ativa da natureza que nasce o desejo de sair da frente do poema?

Não posso escrever sobre o reino animal enquanto eu tiver uma ideia sobre ele, enquanto dele eu estiver isolada. Isso não faria a menor diferença!

Quem sabe, quando eu desistir de retê-lo, algo inédito me aparece?

“Mantenhamos perante nós a natureza das relações emocionais que existem entre os homens em geral. De acordo com o famoso símile schpenhaueriano dos porcos-espinhos que se congelam, nenhum deles pode tolerar uma aproximação demasiado íntima com o próximo.”

FREUD. Psicologia das Massas…
vol. XVIII. Pg. 128

“Um grupo de porcos-espinhos apinhou-se apertadamente em certo dia frio de inverno, de maneira a aproveitarem o calor uns dos outros e, assim, salvarem-se da morte por congelamento. Logo, porém, sentiram os espinhos uns dos outros, coisa que os levou a se separarem novamente. E depois, quando a necessidade de aquecimento os aproximou mais uma vez, o segundo mal surgiu novamente. Dessa maneira, foram impulsionados, para trás e para frente, de um problema para o outro, até descobrirem uma distância intermediária, na qual podiam mais toleravelmente coexistir.”

Parerga und Paralipomena, Parte II, 31,
Gleichnisse uns Parabeln

TEMPO DAS DIFERENÇAS – UMA POSIÇÃO SUBJETIVA

Gilda Vaz

Introdução

Em 1763, Voltaire escreve seu *Tratado sobre a Tolerância,* motivado pelo assassinato de Calas, pelo gládio da justiça, em Toulouse em 1762.

No final desse livro, que acompanha acontecimentos de intolerância que atravessam a história da humanidade desde seus primórdios, Voltaire deixa uma mensagem:

> Este ensaio sobre a tolerância é um requerimento que a humanidade apresenta muito humildemente ao poder e à prudência. Semeio um grão que poderá um dia produzir uma colheita. [...] Esses casos são raros, mas acontecem e são o efeito dessa sombria superstição que induz as almas fracas a imputar crimes a qualquer um que não pense como elas (VOLTAIRE, p. 122-127).

Antes de lhes contar de uma forma breve a terrível história de uma família condenada, torturada e destruída por um crime do qual foram acusados, injustamente, por fazerem parte de uma minoria protestante numa cidade onde reinava o fanatismo religioso em favor do catolicismo, destaco alguns antecedentes, que ajudam a entender a tragédia que se abateu sobre essa família, precisamente no dia 13 de outubro de 1761.

Toulouse, capital da antiga Cátara, sempre tentara ser independente dos reis da França, que, por esse motivo, se aliaram ao pontificado de Roma com o fim de converter a cidade, na maioria de protestantes, em uma cidade católica. Passaram por três Cruzadas até que, ao preço da morte de milhares de pessoas consideradas hereges, queimadas na fogueira, em 1686 o rei Luiz XIV assina uma declaração em que, entre outras cláusulas, trazia que "seriam castigados de morte aqueles que fossem surpreendidos no exercício de cultos outros que os da religião católica".

Passara-se quase um século, o que era pouco para que a cidade de Toulouse tivesse apagado as marcas de seu passado de mortes e conflitos. Ainda comemoravam em datas pontuais as vergonhosas vitórias que custaram a vida de milhares de pessoas.

Foi nesse tempo, precisamente em 1761, que os fatos mencionados aqui se passaram e tocaram Voltaire a ponto dele abraçar a causa da defesa da honra do restante dessa família, pois era a única coisa que lhe sobrara.

> Jean Calas, na época com 68 anos de idade, exercia a profissão de comerciante em Toulouse havia mais de quarenta anos e era reconhecido por todos que haviam convivido com ele como sendo um bom pai. [...] (VOLTAIRE, p.11).

Um dos filhos dessa família, um homem de letras e advogado, sofria com as dificuldades provenientes de seu temperamento inquieto, sombrio e violento, como o definiu Voltaire. Nem mesmo pôde ingressar na ordem dos advogados, porque não possuía os certificados de catolicismo, embora seu pai não se opusesse às escolhas religiosas dos filhos, chegando a aprovar a conversão de um deles ao catolicismo e tendo em sua casa uma criada católica praticante que havia criado todos eles.

Jean Calas e sua mulher, Ana Rosa, tinham seis filhos, mas no dia do fatídico acontecimento apenas Marc-Antoine e Pierre estavam presentes, justamente com a criada e um jovem filho de um amigo advogado de Toulouse.

Após o jantar, ao encaminharem o amigo até a saída, encontram o filho mais velho, Marc-Antoine, morto, enforcado, no armazém do andar térreo, atrás da loja.

Soube-se mais tarde que o jovem Marc-Antoine havia perdido uma grande quantia no jogo naquele dia.

Antes mesmo da polícia chegar, chamada pela família, as pessoas começaram a cercar a casa e o ódio religioso a tomar forma após "algum fanático no meio da multidão gritar que Jean Calas havia enforcado o próprio filho. Esse grito foi repetido e, num instante, tornou-se unânime; outros acrescentaram que o morto abjuraria ao protestantismo no dia seguinte; que sua família o havia estrangulado por ódio contra a religião católica; em questão de segundos, ninguém mais punha isso em dúvida; toda a cidade persuadiu-se de ser uma questão de fé entre os protestantes que o pai ou a mãe deveriam assassinar seus filhos assim que soubessem que eles pretendiam se converter. Depois que os espíritos são arrebatados, não há mais como acalmá-los".

O filho Pierre, que se encontrava do lado do corpo, é levado preso. O capitão encarregado do inquérito estranha que todos os cinco participantes contavam a mesma versão do fato, suspeitando que houvessem combinado. Manda conduzi-los à Câmara Municipal, não acreditando na palavra da família.

Para a multidão não havia dúvidas: os Calas mataram Marc-Antoine. Certeza que durou até o suplício e morte do pai, Jean Calas, pela forma mais cruel de tortura da roda de despedaçamento, também conhecida como "roda de Santa Catarina". Isso acontece como um espetáculo em que a cidade inteira se preparava para celebrar o bicentenário da memória de um massacre de quatro mil huguenotes.

Não havia qualquer prova contra a família, mas sua religião diferente os tornava culpados na comunidade.

Depois de muitos debates e abandono da causa pelos juízes que defendiam a família, por oito vozes contra cinco, o pai, Jean Calas, foi condenado à morte pela "roda". A pena do restante dos implicados foi atenuada, segundo Voltaire, pelos juízes terem sido tocados pela dignidade com que o velho Calas, ao tomar Deus como testemunha de sua inocência, "Lhe suplica que perdoasse seus juízes" (VOLTAIRE, p. 18).

A descrição que Voltaire faz do regozijo da multidão merece ser destacado como um documento sobre o fanatismo imperando sobre a razão:

> [...] realizaram um serviço solene em memória de Marc-Antoine Calas, tal como se ele tivesse sido um mártir da fé. Nunca qualquer igreja da cidade havia celebrado a festa de um mártir verdadeiro com maior pompa [...]. Desse modo, a única coisa que faltava ao infeliz que havia provocado sua própria morte era a canonização; a população inteira o considerava um santo. A partir desse momento, a morte de Jean Calas tornou-se inevitável (VOLTAIRE, p. 14-15).

Por que essa história terrível nos assombra ainda hoje? Remetendo-me à frase de Voltaire no final de seu *Tratado sobre a Tolerância*, não há dúvidas de que o grão semeado por ele produziu muitas colheitas e a barbárie religiosa hoje já não tem a mesma dimensão, restringindo-se a casos isolados e pontuais.

Mas, como formulou Freud, persistem os *fueros* – impressões psíquicas desregradas que não estão articuladas à rede simbólica e, portanto, persistem como pontos de barbárie e primariedade. Alguns acontecimentos não são assimilados pelo aparelho psíquico e, consequentemente, não se ligam às representações por meio da linguagem. Assim, retornam sob a forma de comportamentos, ações e sentimentos sem a mediação simbólica, com a mesma violência primitiva de origem traumática. "Aquilo que não é rememorado aparece na conduta", diz Freud, "o que não é simbolizado retorna no real", afirma Lacan.

Considerando que a estrutura simbólica rege não só cada sujeito como também o coletivo, podemos reconhecer em muitos genocídios como os que ocorreram no século XX, que resultaram nos horrores do nazismo, das perseguições aos judeus e dos campos de concentração, o retorno no real de massacres que ocorreram em inúmeros momentos da história da humanidade.

Talvez tenhamos evoluído um pouco no campo das leis para barrar de forma mais efetiva a repetição dessas barbáries. No entanto, vemos acontecer, hoje, massacres e linchamentos por meio das redes sociais. Tratam-se de linchamentos morais, de acusações injustas, tais como as que, há quatro séculos, atingiram a família Calas. Sem nenhuma responsabilidade com relação às consequências de suas palavras, as pessoas acusam, inventam, criam versões próprias para acontecimentos que não conhecem profundamente e pelo achismo se autorizam a afirmar "verdades", que passam a se espalhar com a virulência destrutiva irresponsável.

Isso atinge não só os altos escalões da política como o pequeno cidadão que se vê alvo das mesmas atrocidades, vítima de interpretações criadas pelo imaginário das redes sociais.

"A verdade tem estrutura de ficção", diz o conhecido aforismo lacaniano. Os saberes psicológico, filosófico, publicitário e outros podem ser usados de forma pervertida, criando "verdades" falsas que se espalham sem crítica nas redes sociais – as *fake news*.

Enfim, continuamos os mesmos? Será que somos diferentes daqueles que há séculos disseminavam o ódio e perseguiam os que pensavam diferente?

Não sou filósofa, historiadora e nem acadêmica para seguir o fio de uma pesquisa rigorosa sobre o tema. Escrevo como quem passeia pelos museus que guardam o que há de mais precioso na cultura dos povos e me deixo capturar por algumas obras muito pontualmente. É a elas que me dirijo para ver mais de perto o que há ali que me pegou, colocou-me em movimento e produziu algum efeito transformador em minhas ideias para que não me tornasse, também, um museu de antigas visões. São os expectadores que atualizam as obras dos museus através de novos olhares.

Sendo assim e fazendo valer a diferença de meu olhar sobre as coisas, farei um brevíssimo percurso por alguns textos que, tais como aquelas obras que me capturam nos museus, fui colhendo durante meu longo caminho pela vida.

Para dizer da diferença, faço uma breve passagem por um tempo designado por Michel Foucault em seu livro *As Palavras e as Coisas,* como o tempo da semelhança.

Vejamos o que diz Foucault sobre a semelhança:

> Até o fim do século XVI, a semelhança desempenhou um papel construtor no saber da cultura ocidental. Foi ela que, em grande parte, conduziu a exegese e a interpretação dos textos: foi ela que organizou o jogo dos símbolos, permitiu o conhecimento das coisas visíveis e invisíveis, guiou a arte de representá-la. O mundo enrolava-se sobre si mesmo: a terra repetindo o céu, os rostos mirando-se nas estrelas e a erva envolvendo nas suas hastes os segredos que serviam ao homem. A pintura imitava o espaço. E a representação, seja ela festa ou saber – se dava como repetição: teatro da vida ou espelho do mundo, tal

era o título de toda linguagem, sua maneira de anunciar-se e de formular seu direito de falar (FOUCAULT, p. 23).

No final do século XVI e início do XVII, a conveniência das coisas que se assemelham umas às outras constituiu um modo de aproximação, de comunicação e articulação. As relações de parentesco e vizinhança foram se formando pela similitude, e os diferentes seres se ajustavam uns aos outros por intermédio da linguagem que vai estabelecendo os laços de convivência. Pelo encadeamento e pela força dessa conveniência que avizinha o semelhante e assimila os próximos, o mundo foi constituindo-se em cadeia fechada em si mesmo.

No entanto, para nosso alívio, o sistema não é fechado, subsiste uma fresta que se abre para as descontinuidades e diferenças.

A partir do século XVII, as semelhanças, que até então moviam o pensamento e relações entre as pessoas, se revelam fonte de erros, confusões, conflitos e violências. O tempo do semelhante vai se fechando e um novo tempo vai se configurando, deixando para trás um século com suas similitudes esquecidas. Vão surgindo, no pensamento filosófico, críticas das semelhanças, que, como operadores de nossa maneira de pensar as relações, acabaram por criar uma ilusão de que haveria uma ordem para se reger o mundo e que, se a seguíssemos, teríamos a garantia de um mundo harmônico e equilibrado. Na verdade, o que ocorre a partir desses parâmetros é a desordem, diferenças, exceções e intolerâncias.

Dois séculos depois, Freud retoma o erro pela via do lapso e descobre uma outra dimensão – o inconsciente, que, errante, faz do erro um achado.

Afinal, erramos tanto no sentido do engano, do tropeço e da falha como em vaguear, divagar, como errantes nesse mundo de palavras. Inevitável não nos remeter ao dito tão popular: "errar é humano". O erro e o errar são os indicadores mais precisos para se entender os seres humanos, a ponto de Lacan formular o inconsciente em sua dimensão real, definindo-o como: Une bévue – um equívoco.

Sempre obrigados a alojar nossa fala e nossos pensamentos na linguagem, caberia às diferenças acarretarem mudanças e promoverem o novo. Nossa fala, vascularizada pelas vozes da cultura de que fazemos parte, em constante mutação sem jamais conseguir dizer tudo, nos conduz à descontinuidade geradora de novos sentidos.

Entre o eu e o outro está a linguagem, como um muro que se ergue mesmo quando há silêncio, mesmo quando há um "Calas" que nos faz calar, impedindo-nos de sermos escutados em nossas verdades. Existe a muralha da linguagem entre eu e o mundo, mas um mundo que também se estende a mim mesma, entre eu e eu mesma. Talvez por isso, dizer algo diferente é dizer de uma posição subjetiva fora da linguagem comum, fora dos pensamentos e representações do mundo em que vivemos, e poder trazer algo novo que logo se incorporará à linguagem corrente. Dessa posição, antes de se emitir respostas, evoca-se questionamentos, e enquanto os houver, a história se escreve.

De acordo com a psicanálise, o inconsciente é cultural e atemporal. Embora haja a predominância de certas tendências em determinadas épocas da história, tais tendências atravessam e cruzam transversalmente o tempo e se atualizam em suas etapas e gerações.

Sergio Paulo Rouanet, em seu livro *As Razões do Iluminismo, designa* essa tendência como "trans-epocal", que não tem uma origem determinada nem se extingue na atualidade, estando sempre retornando por meio da repetição do mesmo sem se circunscrever a uma moldura temporal determinada. Isso vai ao encontro do real como o que volta sempre ao mesmo lugar e que a psicanálise formaliza por meio do conceito freudiano da pulsão de morte e do destaque que Lacan dá ao registro do real enodado ao imaginário e ao simbólico como constituintes da estrutura dos seres falantes.

O semelhante, que fora durante séculos referência para o saber até então, se acha dissociado em uma análise feita, agora, em termos de identidade e de diferença. Assim, no jogo das polaridades a cultura borbulha, orientada numa certa direção em torno da qual as pessoas giram, até que surja um significante novo que aponte para uma outra coisa.

Como a sociedade não é uma totalidade homogênea, as diferenças suscitam atitudes reativas de medo, rejeição, ódio, segregação, enfim, conflitos que requerem a virtude da tolerância – virtude esta evocada em decorrência das dificuldades frente às formas de violência provenientes do "narcisismo das pequenas diferenças", usando uma expressão de Freud utilizada em alguns poucos textos, mas que merece destaque nos dias de hoje.

A expressão usada por Freud se inspirou no trabalho do antropólogo britânico Ernest Crawley, que declarou que os indivíduos se separam uns dos outros por um tabu do isolamento pessoal. A partir dessa afirmação, Freud desenvolve a noção de "narcisismo das pequenas diferenças", tocando num ponto de cisão, divisão e de diferença estruturais constituintes da realidade humana que se manifestam no espetáculo de seus conflitos sociais ou individuais.

Se a história supõe uma certa continuidade, a psicanálise veio dar ao lapso, à ruptura e à descontinuidade o estatuto de um novo discurso.

Temos um real que fala sozinho, que não se comunica, nem se articula. Talvez seja esse o lugar da diferença radical que não tem um caráter tranquilizador, portando algo de estranho. O estranhamento sedimenta as diferenças.

Isso se mostra como uma asserção subjetiva diante do outro na coletividade. O fundamental aqui se revela como uma certeza que não deixa dúvida diante daquilo que, para cada sujeito, é da ordem do inegociável. Cada um tem seu ponto inegociável. Algo não muda, porque "não sou sem isso". Isso o quê? Isso que sou no âmago do meu ser, mas que, pelo seu estatuto de marca no real, nunca será dito ou sabido, se prestando sempre ao equívoco. Portanto, não se trata de tentar me explicar infinitamente. Basta a experiência de se levar em conta o inegociável de cada um, sua diferença radical – fazer valer essa diferença é fazê-la entrar na contabilidade do "isso conta".

Essa diferença radical não tem o mesmo estatuto das chamadas pequenas diferenças, que se manifestam nas questões raciais, políticas, sociais, sexuais, enfim, naquelas que identificamos em nossas relações com o mundo. Essas pequenas diferenças estariam no campo do imaginário, nas roupagens com que cada um se reveste e se apresenta, entre as formas com as quais nos identificamos, nos simpatizamos, enfim, significantes que nos representam para outros significantes.

Afinal, no decorrer da vida nos tornamos diferentes daquele que éramos. Não é essa diferença que Lacan designa como radical. Trata-se de uma diferença que é sua, que é a dele ou a dela, que é minha. Parece algo que sempre esteve ali, que se mantém como uma marca de origem – *made in* que diz da identidade de cada um, em que eu sou "eu" em minha radical diferença com relação ao outro.

Esse núcleo da estrutura de cada um, como um DNA, responde pela diferença e pelo estrangeiro que nos habita, impossibilitando a totalidade de qualquer conjunto humano.

A padronização do gozo

Vejamos brevemente o que diz a psicanálise com relação ao jogo dialético entre semelhanças e diferenças, entre a repetição do mesmo e a repetição da diferença e arriscar uma saída para esse impasse fundamental frente ao real da impossibilidade da relação.

Há, e sempre houve, uma constante pressão à uniformização e padronização do gozo, não somente em nome da ordem e da organização social, como por interesses econômicos que visam à comercialização de suas mercadorias. Cada inconsciente, entretanto, tem sua forma de gozar, e é isso que nos distingue uns dos outros. O gozo espera o sujeito. Essa seria a diferença que é preciso fazer valer. Esse não sei quê, apreendido na dimensão da perda, ressoa nas paredes do sino da estrutura do sujeito como gozo a repetir. Lacan, em *O Avesso da Psicanálise*, indica que é por essa via que se estabelece a divisão em que se distingue o narcisismo da relação com o objeto.

No mundo contemporâneo o efeito de perda é encoberto pelo acúmulo de bens e de informações compensando a entropia do gozo. A semelhança vai retomando seu espaço, agora, de uma outra forma, por meio de um sistema que demanda uma padronização ou globalização do gozo. "[...] somos pegos na armadilha de um gozo fabricado para nos fisgar no lugar em que cada um seria um, na sua forma de gozar. Tornamo-nos servos desse gozo comum" (LACAN, p. 47-48).

Ora, o que define sua verdadeira diferença é sempre a função do que Lacan designou pela letra a, objeto a. Como num jogo do quem perde ganha, é ao extrair esse pequeno a do campo do grande Outro que alcançamos o Um que cada um é no que determina seu pensamento (LACAN, p.179).

Há uma diferença fundamental literalmente fundadora das diferenças entre os sujeitos que se contam um a um como uma coleção, e não como massa a partir da especificidade da estrutura na radicalidade de cada diferença, ou seja, com relação ao traço unário e ao objeto causa, também específico de cada um. Isso implica na impossibilidade da relação e da harmonia entre as pessoas, o que levou Lacan a formular seu conhecido aforismo: "A relação não existe".

A psicanálise oferece uma saída que pode parecer utópica, mas uma utopia passível de ser topologizada – um novo amor capaz de abrir mão de seu objeto e amar o outro em sua radical diferença.

Não se trata de um mandamento, de um ideal de virtude, de uma caridade ou santidade, de um dever cristão, mas de uma posição ética que Lacan se refere por meio da expressão: "um santo descaridoso". Seu fazer não é tirar suas vestes para vestir o próximo, mas desvestir aquele que entra na experiência analítica das roupagens que lhe ajustam de tal forma que impedem seu movimento em direção ao real e, portanto, ao vazio de seu ser, de onde poderia ir além do narcisismo em direção ao objeto como tal, e não como uma extensão de si mesmo.

Retomo, para concluir, o texto de Voltaire, precioso para um tempo em que ainda não tínhamos a teoria psicanalítica para nos oferecer outro recurso senão o da tolerância. A psicanálise veio desvelar "a cisão da divisão e da diferença que a realidade exibe no espetáculo de seus conflitos e no dilaceramento da consciência" (SAHEL, p. 8).

A tolerância seria um efeito secundário do nosso fracasso em reconhecer a alteridade, uma imposição válida, ainda que egoica. É preciso ir além, para que a sociedade não seja a "bela totalidade" homogênea, mas que haja espaço para "o heterogêneo, a diferença, o incompreensível, desconhecido ou a objeção no próprio coração humano [...]", no dizer de Claude Sahel em seu prefácio do livro *A Tolerância*.

Para alcançar uma posição subjetiva capaz de ir além das normas necessárias e impostas pela sociedade, é preciso habitar por um tempo "lógico" o vazio de nosso ser; que sejamos capazes de apagar nosso eu, esvaziarmo-nos de nossas interpretações e de tudo o que nos habita em termos de representações das coisas, para escutar o outro na sua diferença. E, ainda, sermos capazes de acolher e afiançar essa diferença que está na forma como cada sujeito goza do seu inconsciente.

Destaco que, quando digo inconsciente, não estou me referindo às suas formações e ao campo fantasmático, mas àquele inconsciente já apagado, em que já se passou uma borracha, já se entregou à experiência de um des-ser, possibilitando a escuta do outro, como um outro, que não sou "eu" (LACAN, p. 332).

Esse esvaziamento subjetivo nos propicia um pequeno intervalo, uma pausa, um silêncio, possibilitando que, além das palavras, as diferenças possam ser ouvidas e levadas em conta.

Enfim, se algum dia isso que chamo de "utopia topologizada" – por ter um lugar na estrutura do sujeito e, consequentemente, um espaço-temporal no mundo – puder ser sustentado por cada um, talvez tenhamos colhido a semente que Voltaire plantou há quase quatro séculos e avançado em termo de civilização.

“ DESAPARECENÇA

Nada com nada se assemelha.
Qual seria a diferença
entre o fogo do meu sangue
e esta rosa vermelha?
Cada coisa com seu peso,
Cada quilômetro, seu quilo.
De que é que adianta dizê-lo,
Isto, sim, é como aquilo?
Tudo o mais que acontece,
Nunca antes sucedeu.
E mesmo que sucedesse,
Acontece que esqueceu.
Coisas não são parecidas,
nenhum paralelo possível.
Estamos todos sozinhos.
Eu estou, tu estas, eu estive. ”

Leminski

O ÓDIO DIANTE DO ESPELHO: PURA DIFERENÇA

Maria Auxiliadora Bahia

> *...o ódio segue, como sua sombra, todo amor por esse próximo, que é também o que nos é mais estranho.*
>
> Lacan à Bruxelles, 1960

> *É que Narciso acha feio o que não é espelho.*
>
> Caetano Veloso

Poetas e escritores nos dão testemunho da potência das paixões que atravessam o homem em diferentes tempos da história, em nome das quais toda sorte de crimes, guerras, perversidades e barbáries é cometida. Lacan as definiu como o amor, a ignorância e o ódio, as três grandes paixões do ser. Elas impõem seus caminhos como formas de respostas ao que no homem se encontra capturado, por uma estrutura de falta. Esta o impele a lançar-se e apossar das mais variadas formas de objetos, como tentativas de sua satisfação. Se espelharmos a época atual com todas as outras passadas, veremos que, a despeito de todo progresso científico e tecnológico alcançado e de toda capacidade de criação em direção ao bem-estar humano, a face obscura da destruição, da crueldade e do domínio continua a mostrar o ódio que as habita. Em 1860, Baudelaire deixa a visão de seu tempo:

> É impossível passar os olhos por qualquer jornal, de qualquer dia, mês ou ano, sem descobrir em todas as linhas os traços mais pavorosos da perversidade humana [...]. Qualquer jornal, da primeira à última linha, nada mais é do que um tecido de horrores. Guerras, crimes, roubos, linchamentos, torturas,

> as façanhas malignas dos príncipes, das nações, de indivíduos particulares; uma orgia de atrocidades universal. E é com este aperitivo abominável que o homem civilizado diariamente rega seu repasto matinal. (1)

A atualidade desse texto impressiona, quando comparado aos nossos dias. O repasto continua o mesmo, acrescido apenas pela diferença das formas de apresentação e da velocidade, pelas quais ele nos é oferecido. Os veículos modernos de comunicação não necessitam mais de tantas palavras, elas de alguma forma se enfraqueceram diante de um banquete de imagens veiculadas. Estas imagens convidam e seduzem o olhar, especialmente para aquelas de atrocidades, horror e morte, que fascinam e vendem "conteúdo", em tempo real, como as que foram exibidas e assistidas pelo mundo na atualidade. Mortes captadas por uma câmera, embalsamadas pela repetição das imagens, oferecem a todos um espetáculo de horror e crueldade; saciam a todos que não conseguem dali desviar o olhar, ou a outros, que se tornam distantes do fato, pela saturação da imagem inúmeras vezes repetida.

Susan Sontag, no seu livro *Diante da Dor do Outro* (2), aponta para essa questão entre a relação da violência das imagens e o expectador, que se torna de alguma forma quase indiferente a ela. A curva ascendente de sadismo e violência aceitos pela cultura de massa faz com que uma imagem de quarenta anos, que teria feito o público se enojar e virar o rosto, hoje possa ser vista sem constrangimento por qualquer adolescente. A brutalidade das imagens exibidas, seja pelos telejornais, pelos brinquedos eletrônicos, filmes etc., passou a ser um objeto a ser consumido, promovendo um distanciamento, em que a dor da realidade parece ter renunciado em prol das representações e da espetacularização das imagens na mídia. Ela adverte, "parece constituir um bem em si mesmo reconhecer, ampliar a consciência de quanto sofrimento causado pela crueldade humana existe no mundo que partilhamos com os outros [...] as imagens apenas dizem: é isso que os seres humanos são capazes de fazer, ainda por cima voluntariamente, com entusiasmo, fazendo passarem por virtuosos. Não se esqueçam". (3)

Se a moral, a religião, o humanismo, a psicologia apostaram numa "economia" em direção ao bem moral como formas de vazão e contenção dessas forças, a aposta restou inútil, pois o *modus operandi* da falta e por consequência do desejo dela advindo permaneceu, em sua radicalidade, como potência de domínio, criação e destruição. É sempre em torno dela, da falta, enquanto aponta para a incompletude humana, em que o espelho não reflete o igual e mostra uma assimetria, é que o ódio toma o seu viés e se exprime nas mais diferentes formas de discursos e ações.

No momento, assistimos a muitas dessas intolerâncias nas quais o ódio pela diferença exclui qualquer possibilidade de ver no nosso semelhante uma história com suas singularidades. O ser que ali habita é banido pelo preconceito em cuja generalização de uma ideia marca o todo por um. Muitos são os exemplos que podem ser tomados: os africanos que se aportam na Europa, o recrudescimento de grupos neonazistas, os crimes bárbaros contra homossexuais e travestis, um eterno preconceito aos negros, os crimes contra às mulheres e o desprezo pelas minorias e pelos pobres.

No seu livro *Migração e Intolerância*, Humberto Eco faz uma importante reflexão sobre a existência de uma intolerância selvagem, impermeável a qualquer crítica e razão. Como algo mais profundo, difuso, intrínseco às ações humanas, ela subsiste em uma anterioridade a qualquer doutrina de segregação. Estas doutrinas seriam apenas suportes e representações dessa intolerância pré-existente, e todos os discursos produzidos ou a serem articulados restam inúteis para vencer a selvageria que as precedem. Indica-se, como em Freud, a educação na mais tenra infância como a única forma de contê-la, antes que um invólucro duro e espesso se constitua, tornando-a assim inabordável: "A intolerância mais perigosa é exatamente aquela que surge na ausência de qualquer doutrina, acionada por pulsões elementares". (4)

Ao evocar as "pulsões elementares" como molas propulsoras da violência, Humberto Eco se aproxima do campo conceitual da psicanálise em que este discurso se ajusta, permitindo uma elaboração mais próxima quanto à origem do ódio e sua relação com a diferença pela presença do Outro. A construção do corpo teórico e da prática psicanalítica caminham neste sentido, o de buscar respostas para a grande pergunta do que é tornar-se humano, com todos os seus efeitos de agressividades, destrutividade, amor, sonhos, sofrimento, em que o ódio também se faz representar.

Freud parte do corpo. Um corpo que será historicizado pelo percurso da pulsão e da libido, que, como um vocábulo inserido para o sexual, designa a expressão dinâmica das experiências de prazer e desprazer. Ela irá se inscrever em todos os processos de transformações aos quais esse corpo ficará submetido. "O caminho que vai da criança de peito ao homem civilizado é longo" (5), nos diz Freud em Futuro de uma Ilusão.

Entendida no sentido freudiano como circulando o objeto, a libido percorre todas as posições que é capaz de ocupar, desde uma forma de satisfação autoerótica, na qual o investimento fica circunscrito ao próprio corpo; uma forma narcísica, em que o objeto investido será uma imagem consubstanciada a um Outro; até uma forma objetal, a qual pressupõe um sujeito passível de investir no jogo de troca com o mundo externo. O seu percurso pulsional nos dará os marcadores para determinarmos os elementos que se situam nas bases da construção psíquica com seus efeitos de sintoma e afetos, como o amor e o ódio.

Em 1915, no texto As Pulsões e suas Vicissitudes, Freud marca o lugar da emergência do ódio por relação ao narcisismo, como "um grito primordial de ódio do ego narcisista como reação ao mundo externo, a seus extravasamentos" (6), ou seja, uma reação aos estímulos que perturbam um estado primitivo de satisfação, deslocando esse corpo para uma nova posição de desenvolvimento. Diferença e ódio se associam na origem, marcando um estatuto constitutivo, enquanto cumpre a função de denunciar uma realidade exterior e estabelecer o prenúncio de uma alteridade.

O conceito de narcisismo é central para o entendimento da articulação do ódio e tem amplitude na teoria freudiana. Aplica-se não só ao entendimento dos mecanismos intrínsecos às neuroses de transferência e à psicose, como fica consubstanciado à formação de um eu primitivo que, com suas derivações de um ego ideal e um ideal de eu, nos dará os percursos por onde as paixões farão suas amarras e ganharão consistência. Definido por Freud como um momento de virada, essa "nova ação psíquica" cumpre a função de fazer passar um corpo indiferenciado para uma identificação às imagens dos objetos amados que o circundam. Esse conceito será retomado por Lacan através de sua tópica do imaginário: um investimento na imagem de um Outro sobre a qual o sujeito se projeta e, como capturado, se aliena, se confunde como se ele fosse, mas na ilusão de um corpo. Essa miragem, que circunscreve o lugar de projeção de um eu imaginário, ganhará consistência a partir da percepção das formas, do olhar e dos afetos que aí se aportam e ficam impressos nessa relação. Essa construção de um eu imaginário alienado a um Outro determinará sua importância em toda a vida psíquica do sujeito.

Se Freud vai servir-se do mito de Narciso como suporte à sua teoria para traduzir um estágio indispensável de construção de um eu, ele também aponta para sua dimensão trágica no sentido do fascínio e do aprisionamento na imagem construída. A tendência imposta pelo prazer é sempre ficar, se agarrar e permanecer em um estado de menor tensão possível; sair exige força e desconforto para romper uma posição conquistada. Assim, o mesmo grito de repúdio primordial ouvido no momento de captura do corpo pela imagem fará eco em todas as marcas que significarão diferença e passagens em direção à vida. Mas há sempre oscilações: permanecer e gozar abrem uma perspectiva mortífera; avançar é suportar a perda que se inscreverá como diferença, dor e separação.

A palavra Narciso provém do grego *Nárkissos*, em que *Nárkes* significa torpor, de que deriva a palavra narcótico. Conhecemos a história. Num primeiro momento Narciso está só, circunscrito em si. Frio e orgulhoso, não havia quem pudesse tocar seu coração. Ele apenas vagueia. Em um momento é detido por uma voz sem presença, a de Eco, uma ninfa. Quando ela presentifica-se, apaixonada, ele a recusa dizendo: "retira as suas mãos sobre mim. Que eu morra antes de conceder-te poder sobre mim" (7). Rejeitada, Eco tem a compaixão de Nêmisis, que o amaldiçoa com o destino de amar e nunca possuir o que ama. Sobre ele também pesa a profecia de Tirésias, a de jamais ver a sua própria imagem, sob a pena de se ver aprisionado no seu próprio reflexo, em que o êxtase e a paixão o petrificaria, levando-o à morte por inanição e definhamento. No mito descrito por Ovídio, em *Metamorfose*, só o narrador, um externo que observa, sabe que Narciso/corpo e a imagem são uma só coisa, e por inúmeras vezes o adverte:

Crédulo, por que tentas agarrar em vão a fugidia imagem? O que desejas não existe! Sai daí e o que amas perderás! A forma que tu vês não passa de uma imagem refletida: ela não tem substância. Contigo vem, contigo permanece, contigo parte. Oh! Se tu pudesses partir! O que buscas não existe; basta que te vires e ele se desvanecerá. (8)

Ah! Se tu pudesses partir... Mas nesse amor não há escuta, nem movimento, apenas um fascínio enrijecido e aprisionado na ilusão desse corpo "imajado". Todo esforço será empregado em nome desse prazer, qualquer ruído ou diferença que aí se apresentam serão sentidos como ameaça, e prontamente rechaçados para garantir a unidade de um ego sentido como Ideal. Nesse estágio narcísico, ódio e diferença prontamente se enlaçam, o primeiro por reação e segundo por contingência.

Em *Os Escritos Técnicos de Freud*, Lacan nos situa os efeitos do ódio articulado à abrangência do narcisismo. Como ainda inoperante no mundo simbólico, o sujeito só pode existir no plano imaginário e especular, o que não quer dizer uma existência pautada em calmarias. Algo alhures se anuncia e promove instabilidade na certeza imaginária. Nos dirá Paul Valery: "A minha estátua ao mesmo tempo treme", (9) e ao tremer, a imagem se confunde, deixando entrever algo para além, algo que se move e que se situa fora do alcance dessa captação. Nesse momento é franqueado ao sujeito ter o domínio no interior desse movimento de báscula. Mas como ainda aprisionado, ele não tem saída, a não ser a concorrência, a rivalidade ou mesmo a destruição desse Outro a quem suas demandas são dirigidas e exigidas. No Seminário *Os Escritos Técnicos de Freud*, Lacan pontua:

> Isso se torna muito mais claro quando mais nos aproximamos dessa relação de alienação primordial, na qual podemos ver engendrado no sujeito a sua mais radical agressividade e o desejo de desaparecimento do Outro. [...] não basta o desaparecimento do objeto, o sujeito aspira ainda a sua destruição, humilhação, sua derrota e desvio, sua negação detalhada, sua subversão. (10)

Há que se escutar Ovídio, o narrador: "o que buscas não existe! Basta que te vires, que ela se desvanecerá". É preciso que se mova, se liberte do fascínio das ilusões sem corpo para não cumprir o destino funesto de uma morte solitária, sem entrar no jogo da vida. É necessário um movimento a mais e suportar o desencanto de um amor Ideal. Momento de virada, quando a perda se inscreverá, determinando o fracasso da plenitude narcísica. O Outro não está ali no lugar que a ilusão o supunha. Momento inaugural de uma divisão, no qual, ao reconhecer e se deparar com a falta no desejo do Outro, o sujeito, a um só tempo e a um só golpe, também se marca e se inscreve como sujeito ao desejo. Dessa forma a regência de um novo estatuto, o do simbólico, é estabelecida, e o sujeito entra na condição humana das palavras com suas vacâncias. Nos diz Lacan: "É nesse momento que o sujeito se isola como corpo e consciência de si" (11), assinalando um ponto de solidão no qual o sujeito entra na roda da linguagem e aprende logo a jogar com o que povoa a comunidade humana. Levando em seu corpo a bagagem de sua história, inscrita como alienação e prazer, ele tem que buscar e ser, ao mesmo tempo, o simulacro do desejo de um outro. Nessa ordem do desejo o campo está aberto e as apostas são altas.

Ódio: estrutura e caminhos

Agressividade e ódio aparecem muitas vezes no texto freudiano como algo indistintos, mas Lacan os retomará nomeando o lugar de suas estruturas, acrescentando nessa diferenciação a agressão. A agressão é definida com um ato existencial, "é no limite, virtualmente, que a agressividade se resolve como agressão ligada a uma relação imaginária" (12). Podemos dizer que a agressão é um imaginário atuado, um imaginário que não se contém e se realiza seja através de gestos ou atos. A agressividade concerne aos momentos de oscilação no campo especular, onde o espelho, ao não refletir o ideal desejado, causa no sujeito uma reação potencializada. A especificidade da agressividade está no fato do sujeito aprisionado ainda numa relação imaginária, trocando o seu eu pelo que vê no Outro, reagir às diferenças numa ordem de transitividade, ou seja, tomando o Outro como se ele fosse. O que se visa sempre é uma igualação. O **ódio** nos remete a outro parâmetro. Situa-se na ordem da linguagem na qual o desejo se inscreve como fratura, indicando algo além de qualquer inscrição. Nessa ordem o ódio não é querer mal a alguém ou tentar destruí-lo, ele quer outra coisa, ele visa ao que no Outro está subtraído ao desejo, ou seja, aquilo que no desejo é falta. Ascender à estatura do ódio, possuí-lo, abrigá-lo é necessário, pois que o sujeito se saiba como ser, como parte subtraída do seu próprio desejo, em que Lacan situa o conceito de Real como impossibilidade. Encontro na citação de Nimier uma expressão que traduz bem a dor de se saber ser o que é, e a inconformidade diante dessa falta que nos habita: "Não se odiaria, se não tivesse que se odiar a si mesmo, ao mesmo tempo". (13)

Roland Gori, professor e psicanalista da Universidade de Aix-Marseille, em um trabalho minucioso intitulado *O Realismo do Ódio*, situa o lugar ontológico do ódio e o que ele visa:

> O começo lógico é inominável. O ódio surdo e obscuro é um acontecimento ontológico, mas na origem ele é inominável... é endereçado ao ser, obviamente na condição de não reduzir a uma substância, a uma ontologia de presença... trata-se de dar conta do conceito de ser... como necessariamente deduzido de uma subtração lógica, que determina suas manifestações na variedade e multiplicidade do sendo... Esse outro do ser, que constitui a parte subtraída à sedução imaginária e simbólica das palavras e da linguagem, é essa parte que o ódio implora e convoca a fim de consagrar a certeza que a palavra e a linguagem podem lhe proporcionar. Se o ódio é tenaz é porque ele nos coloca mais perto desse real, ao que só poderíamos renunciar se nós repudiássemos nossa ex-sistência. (14)

Baudelaire traduz em seu verso essa consagração à certeza através do outro:

Um anjo em fúria qual uma águia cai do céu,
Segura, a garra adunca, os calos do ateu
E, sacudindo-o, diz: À regra serás fiel!
(Sou teu anjo e guardião, não sabias?) És meu! (15)

Essa passagem direta ao ser, sem uma intercorrência imaginária, terá também sua expressão nas manifestações inconscientes como os atos falhos, quando as trocas de sentidos das palavras são feitas; nos chistes, em que uma suspensão momentânea do recalque permite a passagem de algo que interrompe a direção de uma narrativa; e na ironia, na qual podemos citar Millôr Fernandes, quando ao dirigir-se ao movimento feminista, como uma flecha direta ao alvo, diz: "O melhor movimento feminino é ainda dos quadris", causando grande repercussão.

De toda forma, se o ódio se dirige ao inominável ou à parte subtraída à sedução imaginária, é da palavra que se serve para a montagem de seu cenário, em nome de qualquer "algo" que possa fazer sentido. Se, por um lado, ele revela o seu lugar de estrutura como uma dor primordial, aspirando uma certeza da qual se nutre, é no enodamento ao imaginário, nas suas montagens e ficções impensáveis, que ele se apresenta e revela a suas dimensões. Sabemos que a ficção não é o avesso da verdade. Quando se faz ficção não significa motivos turvos, ou mesmo iludir a verdade. Ao contrário, ela serve para evidenciar o caráter da verdade, misturando de modo inequívoco o real e o imaginário. Ficção, do latim fictío, significa modelar, representar. Como diz Lacan no Seminário Os quatro conceitos fundamentais da psicanálise, "o homem, com efeito, sabe jogar com a máscara, como sendo esse mais além do que há o olhar" (16). Portanto, essa montagem imaginária ao ser tomada como o enquadramento e sustentação do ódio, dando-lhe toda forma de expressão, não altera o que ele visa, ao contrário, o reafirma. É ao Outro, ao seu ser, no ponto onde o estranho aparece como o mais familiar, que o ódio transforma o semelhante em algo de mais repulsivo, que deve ser afastado.

O amor é um desses grandes cenários onde o ódio em estado bruto se apresenta, visando e invocando o ser na sua inconsistência. É comum assistirmos nesses casos a morte como solução da dor. Ódio e amor se enlaçam na origem. Prosperam naquilo que ignoram, não no sentido do desconhecimento, mas enquanto impossibilidade de simbolizar a falta central do desejo. Se o ódio aponta a falta no ser, o amor recria o ser. Mas a dimensão Real do ódio só é revelada no momento em que a relação ser a ser colapsa, expondo o furo, a radical diferença, o irrealizável dando lugar a este afeto desencarnado no qual fica exposta a impossibilidade da estrutura. "O verdadeiro amor desemboca no ódio", nos diz Lacan ao criar o neologismo "amódio", dizendo com isso que o amor sempre fracassará como tentativa de sutura do ser. Diante da falta-a-ser, do real, que faz um corte implodindo toda montagem imaginária, o ódio mostra a sua potência.

Somos submetidos às paixões e seus efeitos, isso é um destino. Como efeito de estrutura de falta, estamos fadados a reeditarmos primitivas vivências e antigos ideais. Como advertiu Freud, não se renuncia a nada, tudo é transformado. Não se renuncia ao que ficou marcado pelo caminho da pulsão como prazer e ideal de plenitude, a eles sempre voltamos como tentativas de (re)ganhá-los. Goethe, no seu livro Fausto, nos leva para essas cenas antigas, que, como companheiras, vão balizando, dando cor e dimensão às nossas vidas:

... e surge assim sombras amadas, como lendas antigas quase desfeitas, retornam ao primeiro amor, à primeira amizade. (17)

Nesse campo imaginário, tudo é possível como uma derivação de nosso percurso libidinal, esse Ideal torna-se o norte, um amálgama que perpassa e comanda o jogo de nossas relações ao Outro. Mas há que se ouvir as advertências do narrador Ovídio: "o que desejas não existe!". Não se aferre tanto ao Ideal, pois, em sua origem, ele traz as possibilidades de jogar com a vida e com a morte. Há que buscá-lo, sim, mas em um jogo no qual a perda como possibilidade está incluída. Ao contrário disso, convertido em certeza, ele se petrifica e se aprisiona na imagem que esse Ideal lhe acena, determinando um caminho onde a morte se enlaça. Sustentar um Ideal enquanto paixão é sustentar a ignorância como paixão, em que qualquer diferença deve ser eliminada, banida em nome daquele Ideal de unidade.

Carolin Emcke, uma intelectual europeia considerada como uma das mais importantes de sua geração, faz uma interessante análise da violência, do ódio e do preconceito no seu livro *Contra o Ódio*. Ela mostra em outros campos, o da antropologia e o da sociologia, a dimensão opaca do ódio enquanto ele implica o Ideal e o Outro:

> ... é sempre a categoria do "outro" que oprime ou ameaça o "próprio". O outro é fabulado como um poder supostamente perigoso ou como algo supostamente inferior; e assim os maus tratos, e os desejos de erradicação subsequente do outro, não são reivindicações apenas como medidas desculpáveis, mas necessárias. O outro é aquele a quem alguém pode denunciar ou desprezar, ferir ou matar impunimente. (18)

O ódio também faz valer um critério de opacidade, enquanto condensa em um substantivo comum todas as multiplicidades do ser:

> Entretanto, uma vez que indivíduos como indivíduos se tornam irreconhecíveis, apenas coletivos vagos, permanecem como destinatários do ódio, sendo difamados e desvalorizados, xingados e enxotados à vontade: os judeus, as mulheres, os incrédulos, os negros, as lésbicas, os refugiados, os mulçumanos, ou ainda os políticos, os policiais, o ocidente, os inte-

lectuais, a mídia. O ódio se conforma ao seu objeto de ódio. É um encaixe perfeito. (19)

Não há que negligenciar a potência desse ódio transformado em estruturas de horror. Os inúmeros crimes contra a humanidade, entre os quais muitos são contemporâneos e testemunhamos, acontecem em nome de verdades imaginadas como absolutas, que se transformam em uma causa a ser defendida e rechaçam qualquer diferença que se avizinha. Podemos, em inúmeras situações, ouvir esses gritos de comando, assistir a todas as violências que se impõem das formas mais traumáticas. Mas, pelo viés da psicanálise, podemos de antemão anunciar que "A Verdade não existe!". Por mais que muitos gritem e esforcem-se em nome de seja lá o que for, esses gritos não fazem mais que abrir o abismo onde se alojará o silêncio. A maldição de Nêmesis prevalece e perpassa a todos eles: a de amar e nunca possuir o que ama!

Nunca possuir, não realizar... é essa a dimensão do ser. Tributária da pulsão que nos comanda a partir do seu ponto de vazio e silêncio, institui uma ordem de fracasso como algo irrealizável, da qual temos a repetição por testemunha. Por mais que a pulsão contorne, retorne, ela só trará, como prova de nossa existência, nossa ex-sistência e o fracasso do Ideal. Como circuito incansável na tentativa de dar consistência ao ser, a pulsão nos submete à sua força constante e imperiosa de desejo de realização e delimita os caminhos, seja nas perversidades, nas psicoses, nos aprisionamentos neuróticos, na violência e na destruição. Mas, ao contrário, também se impõe como força de vida, como possibilidade de criação e do desejo de saber. É preciso que se mova, mesmo que seja impreciso o mover. Forças contrárias e entrelaçadas permeiam nossa vida, em que o maestro, o objeto perdido, exige ser encontrado, criando o movimento na vida. Aferrar-se a ele é morrer para o desejo enquanto busca e criação; deixá-lo cair é, em nome da vida, fazer valer o desejo na procura de sentidos e motivos e realizações. Há que saber viver, jogar com o invisível, o inominável, para não se tornar prisioneiro ou objeto de sacrifício.

Freud não tem ilusões e era sombrio quanto ao humano. Sabendo dessas forças devastadoras que nos habitam, pontua no texto *Futuro de uma Ilusão* uma possível saída: "Reconhecer a existência do destino, para melhor dele se emancipar". (20)

A psicanálise é um dos caminhos possíveis para essa emancipação enquanto teoria e prática. Como teoria, comporta a formalização do drama da existência humana, que é o de buscar e jamais encontrar a "coisa" (*das ding*) que, como perdida, é também impossibilidade de se realizar. Conhecer essa verdade e saber-se claudicante é poder aquiescer e jogar com as parcialidades dos objetos, seus limites de satisfação e seus fracassos. Enfim, é poder se safar, não se deixando aprisionar aos objetos, e poder abrir-se para acolher a pele do outro em sua vulnerabilidade e na mais radical diferença.

Enquanto prática, a psicanálise estabelece uma ética na qual o desejo do analista deve levar, como diz Lacan, "a obter a diferença absoluta, aquela que intervém quando confrontada com o significante primordial, o sujeito vem, pela primeira vez, a posição de se assujeitar a ele" (21). Portanto, viver essa prática é se permitir um passo além: aliar-se ao silêncio estrutural e fundante é permitir ao desejo despojar de suas amarras e apostar nas diferenças na vida.

“ E vê que cilada o amor me armou
Eu te quero (e não queres)
Como sou
Não te quero (e não queres)
Como és ”

Caetano Veloso - O Quereres

O ÓDIO A PARTIR DA DIFERENÇA

Carla de Abreu Machado Derzi

A obra cinematográfica *Parasita* de Bong Joon-Ho (2019) ilustra diferenças existentes entre as classes sociais, as classes econômicas e o nível educacional de duas famílias, a família Kim (pobre) e a família Park (rica). Sobretudo, o filme evidencia a diferença radical que resiste e persiste no decorrer de todo o longa-metragem: o gozo de cada um. Destaco a partir do filme as diferenças nas formas de gozar entre essas duas famílias e, também, entre os membros de cada família, que conduzem ao ódio, desembocando na violência, pois vale ressaltar que o ódio se situa além da agressividade.

O filme se inicia mostrando a pobreza da família Kim, que habita em um porão e utiliza o wi-fi do vizinho para acessar a internet e também aproveita a dedetização da rua para eliminar os percevejos que parasitam a comida deles. O parasitismo não aparece apenas no percevejo que vive sob a dependência da comida deles, bem como é um significante que circula no filme, já que, desde o início do longa-metragem, evidencia-se que a família Kim vive à custa alheia, por meio da exploração do Outro. A família Kim vai se infiltrando na família Park, roubando os empregos das outras pessoas. Os filhos da família Kim se tornam professores dos filhos dos Park, falsificando declarações de escolaridade. O pai dos Kim se torna o motorista, e a mãe, governanta da família Park, todos roubando os empregos de outros funcionários. Por outro lado, a família Park também parasita a família Kim, solicitando funções que estão além dos trabalhos já exercidos, apesar de pagarem hora extra. Eles tentam usufruir, reciprocamente e cada vez mais, do que sobra, dos restos dos outros.

O parasitismo da família Kim em relação à família Park é corroborado quando a segunda família viaja e os Kim usufruem dos objetos de gozo da família Park. Eles bebem, comem, deitam-se na cama dos Park, enfim deleitam-se com os objetos que a família Park adquiriu do mundo capitalista. A família Kim aproveita a oportunidade para experimentar a forma de gozar da família Park, já que eles imaginam alcançar o gozo absoluto através do gozo do Outro. O texto de Freud Totem e Tabu traz essa ideia de que o pai da horda primitiva, o Outro, goza daquilo de que estamos privados. O pai da horda primitiva rouba um gozo que deveria ser meu, e que agora está no campo do Outro (1912–1913/1974).

Essa cena do filme, cena da viagem dos Park, é uma em que eles (família Kim) tentam gozar da forma do Outro. O gozo é atingido por pedacinhos, na tentativa de tamponar a falta do gozo absoluto. A família Park também goza repetidamente, já que o gozo absoluto falta para todos. A intolerância ao Outro e o ódio vão ganhando cenário, já que o ódio surge implicado na subtração da maneira de gozar dos Kim em relação à maneira de gozar da família Park. Os Kim aproveitam a viagem dos Park e roubam o gozo que lhes corresponderia. O ódio aparece retornado do Outro que goza daquilo que falta a quem odeia.

É importante relembrar que o ódio e a violência também surgem em relação ao pai da horda primitiva, desembocando, inclusive, no assassinato dele. Até que ponto o assassinato do Pai da horda primitiva e a ereção do Pai totêmico não denunciam a impossibilidade de conviver com as diferenças entre os modos de gozar? Pode-se extrair desse texto freudiano a necessidade de tentar regular as formas de gozar e a intolerância à diferença que geram ódio, alcançando a violência, destacada pelo assassinato do Pai da horda primitiva.

A diferença entre os modos de gozo na nossa civilização pode desencadear os afetos, as paixões do ser e dentre eles, mais precisamente, o ódio. No nível do gozo, os seres falantes não se comunicam, mostrando que o real do gozo escapa ao dizer. "A relação sexual não existe" é um aforismo lacaniano que evidencia que não há complementariedade entre os sexos, entre os modos de gozo, denunciando essa falta de encaixe entre os seres falantes na medida em que gera um resto, uma diferença. O que resta é da não possibilidade da relação sexual, e isso pode gerar ódio, já que aponta o fracasso da mesma. O que resta aponta o real da psicanálise, a ausência de lei e a ausência de uma escrita da relação sexual.

Miller afirma: "Odeia-se especialmente a maneira particular com que o Outro goza" (2011, p. 53). Não se compartilha o gozo denunciando que ele é do particular. Assim, "o ódio aponta a diferença absoluta: te odeio porque não goza como eu" (MORAGA, 2019, p. 79). Surge, assim, a intolerância ao Outro pelo seu outro modo de gozar. Miller (2011, p. 53) prossegue: "o ódio ao Outro que se conhece através do racismo seguramente é algo mais que a agressividade. Há uma consistência desta agressividade que merece o nome de ódio e que aponta o real no Outro" (2011, p. 53). Aproximamos a partir daqui a relação entre o ódio e o real. Lacan articula o ódio ao real ao afirmar: "o ódio, que é o mesmo o que mais se aproxima do ser, que eu chamo de ex-sistir. Nada concentra mais ódio do que esse dizer onde se situa a ex-sistência" (LACAN, 1972–1973/1985, p. 164). O real ex-siste ao simbólico, e o gozo é o que há de mais real no falante.

A padronização do gozo não foi instituída pelo avanço da civilização. O progresso da civilização aponta que as diferenças entre os seres falantes não ficaram adormecidas, ao contrário. Domesticar as paixões do ser por meio dos avanços tecnológicos, da ciência, da globalização se mostrou insuficiente para apagar as diferenças culturais, para apagar o surgimento do ódio e, ainda, a intolerância ao Outro.

Laurent desenvolve a ideia de que nos anos de 1967 aos anos 70 o ambiente era mais de regozijo diante das perspectivas de integração das nações em conjuntos mais amplos que autorizavam os "mercados comuns" ocorrendo, assim, uma tentativa de normalizar o gozo (2014). Segundo o autor, hoje não estamos mais diante desse sonho dos "mercados comuns", pois como consequência disso houve um aumento nas formas de segregação. Lacan profetiza a escalada do racismo devido à expansão do capitalismo e à imposição do modo de gozo (1973/2001). Miller assinala como os avanços científicos e culturais promovem segregações renovadas e mais severas (2011).

A segregação aponta exatamente a dificuldade de se conviver com a diferença, com a diferença entre os modos de gozo. As satisfações pulsionais são particulares, fazendo obstáculos às construções coletivas, já que não se compartilha o gozo. Miller acrescenta que o modo universal da ciência encontra seus limites no que é estritamente particular, no que é não universalizável, que denominamos na psicanálise lacaniana de "gozo" (MILLER, 2011). Sonhar com uma universalização do modo de gozo caracterizou, inclusive, utopia social, pois trata-se de uma particularidade do sujeito. Moraga chega a afirmar que o racismo é o parceiro-sintoma do discurso da ciência, algo como um dano colateral (2019, p. 86).

Retomando a obra cinematográfica *Parasita*, destaco que o porão no filme aparece como sendo o lugar da moradia da família Kim, e há um porão também na casa da outra família, a família rica: Park. Existe um porão na família Park que a família não sabe que existe ou talvez não queira saber, já que nada dizem sobre ele no transcorrer do filme. O porão abriga o inominável da família. Nesse porão mora o marido da antiga governanta, que também parasita a família Park, alimentando-se da comida deles. Família essa que também rouba o gozo da família Park, rouba aquilo que lhe falta, já que o Outro não garante a satisfação esperada, aparecendo paulatinamente no decorrer do filme o ódio entre eles.

Vale ressaltar que o porão é o lugar que abriga os restos, os resíduos, os objetos-dejetos, evidenciando-se pelo fato de o marido da ex-governanta comer os restos dos Park. O porão dessa casa se situa à margem da residência, pelo fato de não estar totalmente excluído dela, mas também não se encontra incluído, ele está à margem. Há a impossibilidade de eliminação e, ao mesmo tempo, a impossibilidade de inclusão. O porão denuncia um lugar estranho, de quem não é considerado nem como igual nem como inimigo explícito, apontando de maneira relevante a diferença. O porão traz aquilo que escapa à significação, que dá lugar ao esquecido, mas que retorna e retornará nas famílias durante o filme, mostrando a insistência e a irredutibilidade do resíduo. O porão revela o infamiliar, o estranho familiar, a extimidade, o aterrorizante, o velho conhecido, o muito íntimo que deveria permanecer oculto, mas que vem à tona no decorrer do filme.

Para abordar o ódio a partir da diferença entre os modos de gozo, ou melhor, abordar a raiz do racismo, a fundação do eu no texto freudiano *As pulsões e suas vicissitudes* contribui a partir da concepção da instabilidade essencial sempre presente no eu e a insustentabilidade de uma suposição de unidade primordial, já que o eu é constituído a partir de trocas de moções pulsionais regidas pelo prazer e pelo desprazer, ilustrando uma relação entre dentro e fora. Segundo Freud, "O mundo externo é decomposto agora em uma parcela prazerosa, que [o sujeito] incorpora em si, e em um resto, que lhe parece estranho. Do seu próprio eu, ele extraiu para o mundo externo e que passa a sentir como hostil" (FREUD, 1915/2004, p. 85). Assim, na constituição do eu há o ato de uma expulsão fundadora que funda um estranho familiar, já que se caracteriza tanto por uma alteridade interna quanto por um exterior internalizado. A constituição do eu decorre do gozo que é rechaçado, que não é reconhecido como próprio, permanecendo como resto inassimilável. Ao mesmo tempo que é o mais íntimo, é o mais alheio ao sujeito.

Miller reafirma esse pensamento freudiano quando elucida que a intolerância ao gozo do Outro apresenta um caráter insolúvel, pois o Outro é Outro dentro de mim. "A raiz do racismo, nesta perspectiva, é o ódio ao próprio gozo. Não há outro mais que esse. Se o Outro está em meu interior em posição de extimidade, é também meu próprio ódio" (MILLER, 2011, p. 55). É exatamente o que ilustra a presença do porão no filme, na medida em que presentifica um exterior internalizado e uma alteridade interna.

É importante ressaltar que ocorrem muitas cenas de violência, cenas mortíferas, sustentadas pelo ódio entre a família da ex-governanta e a família da atual governanta, os Kim. Essas cenas aparecem pelo fato de que o ódio se assegura rechaçando o ser do Outro: os Kim tentam eliminar a família da ex-governanta. Ou seja, esse Outro, família da ex-governanta, é o Outro da família Kim, a raiz do racismo é o ódio ao próprio gozo que não reconheço enquanto meu, sendo Outro, e que desemboca na violência do racismo. A relação entre as duas famílias governantas, a atual família e a família da antiga governanta, traz à tona o estranho-íntimo, desestabilizando a montagem pela via do horror, fazendo surgir uma perturbação com a presença do objeto a, em sua obscura intimidade saindo atrás dos bastidores, ou seja, de dentro do porão.

O ápice da diferença entre a família Kim e a família Park aparece através do cheiro. Durante o filme, o cheiro do Sr. Kim, o motorista, é apontado pelo casal Park como cheiro de rabanete. Eles ainda dialogam a respeito de ser esse cheiro característico de pessoas que andam de metrô. Ao falar sobre isso, o Sr. Park relata que há muitos anos não anda de metrô, apontando não apenas a diferença do cheiro, evidenciando a diferença da classe social, bem como a forma particular de gozar. Na cena final do filme, quando o Sr. Park foi pegar a chave do carro no bolso do marido da ex-governanta, reaparece como uma diferença insuportável o cheiro dele para o Sr. Park, assim o Sr. Kim, ao se deparar com essa cena do Sr. Park em face do mau cheiro do marido da ex-governanta, revive o ódio e, através de um ato de violência, assassina o seu patrão, o Sr. Park.

A violência eclode nessa cena se destacando do ódio. Segundo Miller, a violência não é o substituto de uma satisfação pulsional, a violência é testemunho de que não houve substituição do gozo, ela se produz quando não há deslocamento. Miller prossegue dizendo que a violência não é um sintoma, ela é a marca de que o recalque não operou. Segundo ele, "A violência é a satisfação da pulsão de morte" (MILLER, 2017, p. 5). Ela é a pulsão, não sendo um substituto pulsional. O ódio e o amor estão do lado de Eros, pois tanto no ódio como no amor há uma ligação ao outro muito forte, trata-se de um laço social eminente. Por isso é que Lacan fala da *hainamoration*, uma enamoração entre o ódio (*hain*e) e o amor (*amou*r), um "amódio". Já a violência remete a Thanatos, que solta, fragmenta, estilhaça e destrói o objeto. Entretanto, o ódio é anterior ao amor. Como Freud assinalou, ele nasce da sua repulsa primitiva do mundo exterior e apresenta também uma diferença com o amor. Essa diferença é ressaltada quando Lacan anuncia que o ódio é "o único sentimento lúcido", afirmação feita após o enunciado de que a angústia é o único afeto que não engana (LACAN, 1970–1971/2009, p. 98). O amor visa ao semblante, há incerteza no amor, enquanto o ódio está ligado à certeza, daí ser um sentimento lúcido. Não há dúvida quando se odeia, o ódio visa atingir o outro na sua intimidade. O ódio denuncia um excesso, uma ex-sistência, um gozo, na medida em que um excesso de satisfação do Outro é detectado. O ódio do Sr. Kim conduziu-o à passagem ao ato da violência, promovendo ruptura no retorno mais puro da pulsão sobre o sujeito. Neste caso, o ódio não é vínculo social, mas sua vertente mais intolerável pode promover violência, gerando ruptura social (BASSOLS, 2009).

Lacan diz da irrupção do real na violência, já que a fala fracassa na violência. Segundo ele, "Acaso não sabemos que nos confins onde a fala se demite começa o âmbito da violência, e que ela já reina ali, mesmo sem que a provoquemos?" (LACAN, 1954/1998, p. 376). Há, assim, uma certa oposição entre fala e ato: o ato de violência do Sr. Kim denuncia um curto-circuito, realiza o que deveria ter sido rememorado. A irrupção violenta do Sr. Kim transgrediu os limites e os recursos da fala, anulando o laço. Lacan reafirma em outro texto:

> o que pode produzir-se numa relação inter-humana são a violência ou a fala. Se a violência distingue-se em sua essência da fala, pode colocar-se a questão de saber em que medida a violência como tal – para distingui-la do uso que fazemos do termo agressividade – pode ser recalcada, uma vez que postulamos como princípio que só pode ser recalcado, em princípio, aquilo que revela ter ingressado na estrutura da fala, isto é, a uma articulação significante (LACAN, 1957-1958/1999, p. 471).

Enquanto a agressividade é uma manifestação estruturada pelo campo da linguagem, a violência se manifesta na ruptura com a linguagem e com o laço social, pois este último se estabelece na trama da linguagem. Pode-se deduzir que a violência não está pautada na rede de representações significantes. Além disso, a pulsão de morte revela sua consistência na violência.

O filme termina com o Sr. Kim escondido no porão da casa dos Park, evidenciando que a segregação permanece e que há algo de imutável, invariável. Aqui o Sr. Kim aparece segregado também da própria família, ilustrando que o gozo é de cada um. Essa cena remete a passagens anteriores do filme, cenas do marido da ex-governanta escondido no porão da casa dos Park. No final do filme, a casa não é mais dos Park, mas é de outra família. Essa cena final mostra a impossibilidade de eliminar o resto e que ainda há sempre um resto inassimilável que se presentifica, mesmo que esteja no porão.

Diante disso, como a psicanálise opera com o que resta? O discurso analítico não visa ao ideal, tentando eliminar o resto ou se desembaraçar do real. Ao contrário, o discurso analítico denuncia um resto intratável, incurável, intraduzível. Esse resto é o que não "se liga a nada", o "fora do sentido", "o impensável", e no processo de análise é necessário atravessá-lo, circunscrevê-lo para se virar com ele. Atravessar o que não se "liga a nada" possibilita se virar com o que há de diferente em nós mesmos. Esse real, sob o aspecto do impossível, é o que faz valer o incurável do sintoma. Operar com o resto, *savoir y faire,* saber fazer com esse resto, mostra o impossível em ir além da constância pulsional.

No texto *Nota Italiana* Lacan cita a expressão com que São Tomás encerra sua obra: *sicut palea* (LACAN, 2001, 1973). Tudo lixo, ou ainda, tudo esterco. É fundamental ressaltar a ambiguidade desse termo, pois há um estrume que fede sendo dejeto e, por isso, rejeitado. Mas, ao mesmo tempo, é o estrume que fertiliza. A matéria-prima de uma análise é esse resto, o lixo subjetivo de cada um de nós. O encontro com esse resto abre possibilidade para o sujeito se modificar ou fazer vacilar suas identificações, suas ficções, ou ainda, é apostando no impossível que se pode abrir o campo dos possíveis. Quando se abre espaço para o resto, alcançam-se os modos de gozo e também o que há de inclassificável do sujeito: sua singularidade, sua diferença radical. O discurso analítico a partir da inclusão do inassimilável do real leva em consideração o singular de cada um, pois desfaz as identificações, remetendo o sujeito à sua vacuidade. É importante ressaltar que as identificações são uma tentativa de o sujeito segregar o seu próprio gozo, não o reconhecendo como sendo seu, já que elas são um esforço em representar a totalidade do ser. A singularidade emerge na medida em que as identificações vacilam, porque aparece um resto, possibilitando que a diferença de cada um se presentifique, não para ser confrontada com outras diferenças, mas possíveis de coexistirem, já que assinalam o inédito de cada um. É se virando com o que resta, com o desconhecido em nós mesmos, com o diferente que nos habita, que um espaço para um outro enquanto Outro surgirá. Poder-se-ia afirmar que a política da psicanálise é a política da diferença, na medida em que sustenta os arranjos singulares no coletivo em oposição ao universal de qualquer classificação ou tentativa de padronização de gozo.

“Viver em sociedade requer instinto
de formiga, presas de leão
e habilidade camaleônica.”

Carlos Drummond de Andrade,
O avesso das coisas

SOBRE OS AUTORES

Ana Lúcia Bahia
Psicanalista e membro da Escola Freudiana de Belo Horizonte/Iepsi.
anabahiabh@gmail.com

Ana Maria Portugal Maia Saliba
Psicóloga e psicanalista em Belo Horizonte, membro da Escola Letra Freudiana (RJ). Doutora em Literatura Comparada pela FALE – UFMG. Autora do livro *O vidro da palavra* (Autêntica, 2006). Tem publicados vários artigos em livros e revistas de psicanálise e literatura, nacionais e internacionais.
anamportugal@gmail.com

Carla de Abreu Machado Derzi
Psicanalista. Mestre e Doutora pelo Departamento de Psicanálise da Universidade de Paris VIII. Professora da Faculdade de Psicologia da Universidade PUC-Minas.
carladerzi35@gmail.com

Fabio Borges
Médico e psicanalista. Coautor dos livros *A escola de Lacan* (Papirus), *Escrita do analista* (Autêntica), *Tempo e morte* (Revinter), *Psicanálise em nosso tempo* (Letramento) e *Da solidão* (Quixote+Do).
fborges.sc@gmail.com

Flávia Drummond Naves

Psicanalista e poeta. Tem artigos publicados em revistas especializadas desde 1990. Participou de coletâneas de livros, *Da solidão* (Quixote+Do, 2018) é a mais recente. Publicou cinco livros de poesia, três deles pela Cas'a edições.
flaviadnaves24@gmail.com

Gilda Vaz

Psicanalista e escritora. Coordena o seminário sobre *O Ensino de Jacques Lacan* desde 1990 em Belo Horizonte.
Dentre suas publicações destacam-se: *Fascínio e Servidão*; *A Escrita do Analista*; *Entre Cartas e Recortes – A psicanálise no cotidiano* (Ed. Autêntica, BH); *Destinos da Sexualidade* (Casa do Psicólogo, SP), livros dos quais participa como organizadora e coautora.
Participou como coautora dos livros: *Ideias de Lacan* e *A Culpa* (Ed. Iluminuras, SP); *A Escola de Lacan* (Papyrus, SP); *Clínica Psicanalítica Contemporânea* (Ophicina de Arte & Prosa, BH); *Rastros de Amor* (Letramento/Quixote, BH); *Da Solidão* (Quixote+Do, BH); *Texturas do Vazio em Psicanálise* (Letramento BH). *Que não se esmaguem com palavras as entrelinhas* (Quixote+Do, BH).
É autora de *Percursos na Transmissão da Psicanálise,* primeiro livro da coleção Obras Incompletas. *A Psicanálise pelo Avesso, Cortes e Suturas na Operação Psicanalítica, Quatro Atos* (Ophicina de Arte&Prosa, BH), *No Princípio era o Ato* (Ed. Artesã, BH).
gildavazrodrigues@gmail.com

Maria Auxiliadora Bahia

Psicanalista, ex-professora da UFMG, membro e professora da da Escola de psicanálise/IEPSI. Autora de muitos artigos em revista de psicanálise. Coautora, entre outros livros, de: *A Escrita do Analista*, Ed Autêntica (2013); *Fascínio e Servidão*, Ed Autêntica (1999); *Destinos*

da Sexualidade, Casa do Psicólogo (2004); *Culpa*, Ed.Iluminuras (1998); *Entre Cartas e Recortes, a psicanálise no cotidiano*, Ed. Autêntica (2006); organizadora e coautora *Da Solidão*, Quixote+Do, BH (2018).
auxiliadorabahiabh@gmail.com

Maria Esther Maciel

Escritora, crítica literária e professora de literatura, é membro da Academia Mineira de Letras e diretora editorial da revista literária *Olympio*. Lecionou Teoria da Literatura e Literatura Comparada na UFMG até 2018 e, atualmente, é professora colaboradora de Teoria Literária da UNICAMP e pesquisadora do CNPq. Publicou, entre vários outros, os livros *A memória das coisas* (ensaios, 2004), *O livro de Zenóbia* (ficção, 2004), *O livro dos nomes* (ficção, 2009), *Literatura e animalidade* (ensaio, 2016) e *Longe, aqui. Poesia incompleta (1998-2019)*.

Paula Vaz Rodrigues

Paula Vaz é escritora e psicanalista. Autora dos livros *Deserto*, 2018; *A Outra Língua: amor*, 2016; e *Não se sai de árvore por meios de árvore*, 2014; lançados em Belo Horizonte pela Editora Cas'a'screver. Co- autora dos livros *Entrelinhas, entremontes: versos mineiros contemporâneos*, editora Quixote+Do, 2020; *Da Solidão*, editora Quixote+Do, 2018; *Psicanálise em nosso Tempo*, Editora Letramento, 2017; T*empo e Morte: da urgência ao ato analítico*, editora Revinter, RJ, 2003; *A Criança e sua dor*, editora Revinter, RJ, 1999. Participação resvista *Griphos*, *Documenta* e na *Mallarmagens*, revista de poesia e arte contemporânea.

Regina Beatriz Silva Simões

Psicóloga, Psicanalista, Mestre em Psicologia – linha de pesquisa: Psicanálise, pela Universidade Federal de São João del-Rei (UFSJ). Autora e co-autora de vários livros, entre eles: *Final de análise: possibilidades, impossibilidades e articulações* (editora Letramento), Psicanálise

em nosso tempo (editora Letramento), *Da solidão* (editora Quixote +Do), *Texturas do vazio em psicanálise* (editora Letramento), *Que não se esmaguem com palavras as entrelinhas* (editora Quixote+Do.)
reginabeatrizmg@gmail.com

Rosely Gazire Melgaço
Psicanalista, membro da EFBH/ Iepsi, da Rede Internacional Estudos Psicopatologia Psicanalítica do Infans, da La Cause des bébés, do PreAut, da Segunda Letra.
roselygazire@gmail.com

Thaïs Gontijo
Psicanalista, formada em Psicologia pela UFMG. Formada em Língua, Literatura e Civilização Francesa pela Aliança Francesa, Universidade de Nancy. Mestre pela United Stated International University-San Diego, California. Cursos de Psicanálise para psicanalistas no Aleph Escola de Psicanálise. Organizadora e co-autora de *Estádio do Espelho: Agressividade e Criminologia*, *Fascínio e Servidão* (Ed. Autêntica), *A escrita do analista* (Ed. Autêntica), *Destinos da sexualidade* (Casa do Psicólogo), *Entre Cartas e recortes, a psicanálise no cotidiano* (Ed. Autêntica). Artigos em revistas de psicanálise nacionais e internacionais.
thaisdgontijo@gmail.com

REFERÊNCIAS BIBLIOGRÁFICAS

*CAPUT MORTUUM**

Thaïs Gontijo

**Caput mortuum* – cabeça morta ou restos.

ALVES, Rubens. Pôr-da-lua. *Folha de São Paulo*, Opinião, São Paulo, 19 de fev. 2001.

CAMPOS, Augusto de; PIGNATARI, Décio; CAMPOS, Haroldo de. *Mallarmé*. São Paulo: Perspectiva, 1991.

FROST, Robert Lee. Parando rente aos bosques numa noite nevada. In: *Poemas escolhidos de Robert Frost*. Rio de Janeiro: Lidador, 1969.

GONTIJO, Thais; OLIVEIRA, José Marcos. *A carta roubada ou Lacan para curiosos*. Inédito: 2020.

JUSTO, José Miranda. Introd. In*:* KIERKEGAARD, Sören. *A Repetição*. Lisboa: Relógio D'Água, 2009.

KIERKEGAARD, Sören Aabye. *A repetição*. Lisboa: Relógio D'Água, 2009.

LACAN, Jacques. O seminário sobre "A carta roubada". In*:* LACAN, Jacques. *Escritos*. Rio de Janeiro: Zahar, 1998, p. 11-66.

PACHECO, Fernando. *Poemas de Atelier*. Belo Horizonte: Caravana, 2020.

POE, Edgar Allan. A carta furtada. In: POE, Edgar Allan. *Ficção completa, poesia & ensaios*. Trad. Oscar Mendes. Rio de Janeiro: Nova Aguilar, 2001, p. 171-186.

POMMIER, Gérard. *O desenlace de uma análise*. Rio de Janeiro: Zahar, 1990.

ROSA, Guimarães. *Grande Sertão: veredas*. Rio de Janeiro: José Olympio, 1982.

A ÚLTIMA BONAPARTE

Regina Beatriz Simões

BERTIN, C. *A última Bonaparte*. Trad. R. Meriguello. Rio de Janeiro: Editora Paz e Terra, 1989.

___________. *A mulher em Viena nos tempos de Freud*. Trad. M. Appenzeller. Campinas, SP: Papirus Editora, 1990.

BURKE, J. *Deuses de Freud – A coleção de arte do Pai da Psicanálise*. Trad. M. Pinheiro. Rio de Janeiro: Editora Record, 2010.

COHEN, D. *A fuga de Freud*. Trad. C. Marques. Rio de Janeiro: Editora Record, 2010.

FREUD, S. *Sobre a tendência universal à depreciação na esfera do amor*. Trad. J. Salomão. Rio de Janeiro: Imago Editora, 1980.

GAY, P. *Freud: Uma vida para nosso tempo*. Trad. L. Meyer. 2ª ed., D. Bottmann. São Paulo: Companhia das Letras, 2012.

GORDON, A. R. Marie Bonaparte: princesa e psicanalista. *Jornal de Psicanálise* (on-line), 2009, vol. 42, nº 77, p. 107-121.

JACQUOT, B. *Princesse Marie*. S. d. Recuperado de: http://lacanempdf.blogspot.com/2020/02/filme-princesa-marie-princesse-marie. Acesso em: set. 2020.

LACAN, J. *Livro X – Seminário da Angústia*. Rio de Janeiro: Editora Jorge Zahar, 2005.

MALCOLM, J. *Nos arquivos de Freud.* Trad. R. Amado. Rio de Janeiro: Editora Record, 1983.

MASSON, J. M. *A correspondência completa de Sigmund Freud para Wilhelm Fliess – 1887-1904.* Trad. Vera Ribeiro. Rio de Janeiro: Imago Editora, 1986.

ROUDINESCO, E. *Sigmund Freud na sua época e em nosso tempo.* Trad. A. Telles. Rio de Janeiro: Zahar Editora, 2016.

SCHUR, M. *Freud: vida e agonia.* Vol. 3. Trad. Marco Aurélio de Moura Matos. Rio de Janeiro: Imago Editora, 1981.

VIDAL, E. O inconsciente é a política. *Revista da Escola Letra Freudiana. Política e psicanálise – Efeitos d'Escola:* 2012.

A EXPLOSÃO DAS CORES

Fabio Borges

ARTAUD, Antonin. *Van Gogh. O suicida da sociedade.* Trad. Ferreira Gullar. Rio de Janeiro: José Olympio, 2003.

DE BOTTON, Alain. Da arte que abre os olhos. In: DE BOTTON, Alain. *A arte de viajar.* Trad. Waldéa Barcellos. Rio de Janeiro: Rocco, 2003.

LASSAIGNE, Jacques. *Vincent Van Gogh.* Biblioteca de Arte. Os impressionistas. São Paulo: Editora Três, 1973.

STONE, Irving. *A vida trágica de Van Gogh.* Rio de Janeiro: José Olympio, 1968.

WALTHER, Ingo F. *Vincent van Gogh 1853-1890:* visão e realidade. Colónia: Taschen, 2016.

BARTHES, R. *S/Z*. Paris: Éditions du Seuil, 1970.

__________. *Novos ensaios críticos. O grau zero da escritura*. Trad. Heloysa de Lima Dantas, Anne Arnichand e Álvaro Lorencini. São Paulo: Cultrix, 1974.

BENJAMIN, W. O narrador. Considerações sobre a obra de Nicolai Leskov (1936). In: *Magia e técnica, arte e política*. São Paulo: Editora Brasiliense, 1985a. P.197-221,

__________. Franz Kafka. A propósito do décimo aniversário de sua morte (1934). In: *Magia e técnica, arte e política*. São Paulo: Editora Brasiliense, 1985b, p. 137-164.

BLANCHOT, M. *O livro por vir*. Trad. Maria Regina Louro. Lisboa: Relógio d'Agua, 1984.

BORGES, J. L. Kafka e seus precursores. In: *Obras Completas II*. São Paulo: Globo, 1999, p. 96-98.

__________. Pierre Menard, autor do Quixote. In: *Obras Completas I*. São Paulo: Globo, 1998, p. 490-498.

CALVINO, I. *Assunto encerrado*. Discursos sobre literatura e sociedade. Trad. Roberta Barni. São Paulo: Companhia das Letras, 2006, p.191-192.

MACIEL, Maria Esther. *As ironias da ordem*. Coleções, inventários e enciclopédias ficcionais. Belo Horizonte: Editora UFMG, 2009.

NESTROVSKI, Arthur. *Ironias da modernidade*. Ensaios sobre literatura e Música. São Paulo: Editora Ática, 1996.

PETIT-ROBERT. *Dictionnaire de la langue française*. Paris: Dictionnaires Le Robert, 1994.

ROSENFELD. A. *Letras e leituras*. Campinas: Editora da Unicamp; São Paulo: Edusp, Editora Perspectiva: 1994.

FOUCAULT, Michel. *As palavras e as coisas.* São Paulo: Martins Fontes, 2016.

FREUD, Sigmund. Extratos dos documentos dirigidos a Fliess (1882/1899) – Carta 52. In: *Edição Standard Brasileira das Obras psicológicas completas de Sigmund Freud.* Vol. I. Rio de Janeiro: Imago Editora Ltda., 1977.

__________. *O mal-estar na civilização (1929/30) – Edição Standard Brasileira das Obras Psicológicas Completas de Sigmund Freud.* Vol. XXI. Rio de Janeiro: Imago Editora Ltda., 1974, p. 136.

__________. *O Tabu da Virgindade – Edição Standard Brasileira das Obras Completas de Sigmund Freud.* Vol. XI. Rio de Janeiro: Imago Editora, 1976.

LACAN, Jacques. *O seminário De um Outro ao outro. Livro 16 (1968/69).* Rio de Janeiro: Zahar Editora, 2008.

__________. *O avesso da psicanálise – livro 17 (1969/70).* Rio de Janeiro: Jorge Zahar Editor, 1992.

__________. *L'insu que sait de l'une bévue s'aile à mourre (1976/77).* Texto inédito não publicado. Trad. Angela Torres Lima.

__________. O engano do sujeito suposto saber (1967). In: *Outros Escritos.* Rio de Janeiro: Jorge Zahar Editor, 2003.

__________. *O seminário – De um discurso eu não fosse semblante. Livro 18 (1971).* Rio de Janeiro: Ed. Zahar, 2009, p.105.

__________. Televisão (1973). In: *Outros Escritos.* Rio de Janeiro: Jorge Zahar Editor, 2003.

LONGO, Leila. *Linguagem e Psicanálise.* Rio de Janeiro: Jorge Zahar Editor, 2006.

ROUANET, Sergio Paulo. *As razões do Iluminismo.* São Paulo: Companhia das Letras, 1987

VOLTAIRE, François Marie Arouet. *Tratado sobre a tolerância – Por ocasião da morte de Jean Calas (1763).* Trad. Willian Lagos. Porto Alegre, RS: L&PM Pocket, 2019.

SAHEL, Claude. Prefácio. In: *A Tolerância – Por um humanismo herético.* Porto Alegre: L&PM Editores, 1993.

O ÓDIO DIANTE DO ESPELHO: PURA DIFERENÇA

Maria Auxiliadora Bahia

1 BAUDELAIRE, C. In: SONTAG, S. *Diante da Dor do Outro.* São Paulo: Cia. das Letras, 2003.

2 SONTAG, S. *Diante da Dor do Outro.* São Paulo: Cia. das Letras, 2003, p. 89.

3 __________. Idem, p. 95.

4 ECO, H. *Migração e Tolerância.* São Paulo: Editora Record, 2020, p. 46.

5 FREUD, S. Futuro de uma Ilusão. In: *Obras Completas.* Vol. XXI. Rio de Janeiro: Imago Editora, 1974, p. 15.

6 __________. As Pulsões e suas Vicissitudes. In: *Obras Completas.* Vol. XIV. Rio de Janeiro: Imago Editora, 1974, p. 161.

7 OVÍDIO. *Metamorfose.* Trad. Paulo Farmhouse. Lisboa: Editora Livro Cotovia, 2007.

8 __________. Idem.

9 VALERY, Paul. In: LACAN, J. *Os Escritos Técnicos de Freud.* Rio de Janeiro: Zahar Editor, 1979, p. 174.

10 LACAN, J. *Os Escritos Técnicos de Freud.* Rio de Janeiro: Zahar Editor, 1979, p. 198.

11 __________. Idem, p. 196.

12 __________. Idem, p. 205.

13 NIMIER. 1951. In: GORI, R. *O Realismo do Ódio.* Disponível em: <www.scielo.br>. Acesso em: out 2020.

14 GORI, R. *O Realismo do Ódio.* Disponível em: <www.scielo.br>. Acesso em: out 2020.

15 BAUDELAIRE, C. *As Flores do Mal.* Rio de Janeiro: Editora Nova Fronteira, 1985, p. 467.

16 LACAN, J. *Seminário 11: Os quatro conceitos fundamentais da psicanálise.* Rio de Janeiro: Zahar Editor, 1973, p. 105.

17 GOETHE. *Fausto: Poema dramático.* São Paulo: Círculo do Livro, 1986.

18 EMCKE, C. *Contra o Ódio.* Veneza e São Paulo: Editora Âyiné, 2020, p. 15.

19 __________. Idem, p. 14.

20 FREUD, S. O mal-estar na Civilização. In: *Obras Completas.* Vol XVIII. Rio de Janeiro: Imago Editora, 1974.

21 LACAN, J. *Seminário 11: Os quatro conceitos fundamentais da psicanálise.* Rio de Janeiro: Zahar Editor, 1973, p. 260.

O ÓDIO A PARTIR DA DIFERENÇA

Carla de Abreu Machado Derzi

BASSOLS, M. *El ódio como vínculo y ruptura.* 2009. Disponível em: https://elp.org.es/el_odio_como_vinculo_y_ruptura_miquel_ba/. Acesso em: out 2020.

FREUD, S. Pulsões e destinos da pulsão. 1915. In: *Obras Psicológicas de Sigmund Freud.* Rio de janeiro: Imago, 2004, v. I.

__________. Totem e Tabu. 1912-1913. In: *Obras Psicológicas de Sigmund Freud.* Rio de janeiro: Imago, 1974, v. XIII.

PARASITA. Direção de Bong Joon-Ho. Coreia do Sul, Barunson E&A Corp. CJ Entertainment, 2019.

LACAN, J. (1954). Introdução ao comentário de Jean Hyppolite sobre a *Verneinung* de Freud. In: *Escritos*. Rio de Janeiro: Jorge Zahar, 1998.

__________. (1957-1958). *O seminário, livro 5: as formações do inconsciente*. Rio de Janeiro: Jorge Zahar, 1999.

__________. (1970-1971). *O Seminário, livro 18: de um discurso que não fosse semblante*. Rio de Janeiro: Zahar, 2009.

__________. (1972-1973). *O Seminário, livro 20: mais ainda*. Rio de Janeiro: Jorge Zahar Editor, 1985.

__________. (1973). Télévision. In: *Autres* écrits. Seuil, 2001.

__________. (1973). Note Italienne. In: *Autres* écrits. Seuil, 2001.

LAURENT, E. 014. Disponível em: http://ampblog2006.blogspot.com/2014/02/lacan-cotidiano-n-371-portugues.html. Acesso em: jul 2020.

MILLER, J. A. *Extimidad*. Buenos Aires: Paidós, 2011.

__________. *Crianças violentas*. Conferência de clausura da IV Jornadas do Instituto da Criança, Carretel, 14, Revista da DHH- NRC. Bilbao: 2017, p. 9-17.

MORAGA, P. Enredados en el ódio. In: *Pasiones Lacanianas*. Graciela Brodsky. Olivos: Grama Ediciones, 2019.

Dados Internacionais de Catalogação na Publicação (CIP)
(Câmara Brasileira do Livro, SP, Brasil)

Da diferença / organização Ana Maria Portugal , Gilda Vaz Rodrigues , Maria Auxiliadora Bahia ; prefácio Maria Esther Maciel. – 1. ed. – Belo Horizonte, MG : Quixote Do, 2021.

Vários colaboradores.
ISBN 978-65-86942-28-6

1. Ensaios brasileiros 2. Poesias brasileiras I. Portugal, Ana Maria. II. Rodrigues, Gilda Vaz. III. Bahia, Maria Auxiliadora. IV. Maciel, prefácio Maria Esther.
21-69086 CDD-B869.4 I B869.1

Índices para catálogo sistemático:
1. Ensaios : Literatura brasileira B869.4
2. Poesia : Literatura brasileira B869.1
Aline Graziele Benitez - Bibliotecária - CRB-1/3129

QUIXOTE+DO EDITORAS ASSOCIADAS
Rua Alagoas, 1.270 – Sala 304 | Savassi
30.130-168 | Belo Horizonte | MG
editoraquixote@gmail.com | (31) 3141-1256

FSC
www.fsc.org
MISTO
Papel proveniente de fontes responsáveis
FSC® C092828

FONTES Courier New e Garamond Premier Pro
PAPEL Pólen Bold 70g/m²
IMPRESSÃO Artes Gráficas Formato

#tudocomeçanalivraria #QuixoteDo2021